clássicos melhoramentos

A metamorfose
Franz Kafka

tradução
Claudia Abeling

≣ Editora **Melhoramentos**

Dados Internacionais de Catalogação na Publicação (CIP)
(Câmara Brasileira do Livro, SP, Brasil)

Kafka, Franz, 1883-1924
    A metamorfose / Franz Kafka; tradução de Claudia Abeling. –
2. ed. – São Paulo: Editora Melhoramentos, 2024.

    Título original: Die Verwandlung
    ISBN 978-65-5539-797-0

    1. Ficção alemã I. Título.

23-182137   CDD-833

Índices para catálogo sistemático:
1. Ficção: Literatura alemã 833

Cibele Maria Dias – Bibliotecária – CRB-8/9427

Tradução: Claudia Abeling
Bagagem de informações: Ricardo Paschoalato e Simone Oliveira
Revisão: Amanda Tiemi Nakazato e Anna Clara Gonçalves
Projeto Gráfico: Amarelinha Design Gráfico e Carla Almeida Freire
Diagramação: Isabella Silva Teixeira e Carla Almeida Freire
Ilustração de capa: Weberson Santiago

Direitos de publicação:
© 2024 Editora Melhoramentos Ltda.
Todos os direitos reservados

2.ª edição, 2.ª impressão, junho de 2025
ISBN: 978-65-5539-797-0

Atendimento ao consumidor:
www.editoramelhoramentos.com.br
sac@melhoramentos.com.br
CNPJ: 03.796.758/0001-76

Siga a Editora Melhoramentos nas redes sociais:
f ⃝ /editoramelhoramentos

Impresso no Brasil

Sumário

Parte 1 5
Parte 2 23
Parte 3 42

Bagagem de informações 60

Parte 1

Certa manhã, ao acordar de sonhos intranquilos, Gregor Samsa encontrou-se, na sua cama, metamorfoseado em um inseto monstruoso. Deitado sobre suas costas duras como uma couraça, viu, ao levantar um pouco a cabeça, sua barriga abaulada, marrom, dividida em arcos rígidos, sobre os quais a coberta, quase escorregando de vez, mal se mantinha. Suas muitas pernas, lamentavelmente finas em comparação ao volume do corpo, agitavam-se desesperadamente sob seus olhos.

"O que aconteceu comigo?", pensou. Não era um sonho. Seu quarto, um verdadeiro quarto humano, apenas bastante pequeno, mantinha-se em silêncio entre as quatro paredes bem conhecidas. Sobre a mesa, na qual se espalhava uma coleção de amostras de tecidos, desempacotada – Samsa era caixeiro-viajante –, pendurava-se a imagem que ele recortara havia pouco de uma revista ilustrada e colocara numa moldura bonita, dourada. Representava uma dama, de chapéu e boá de pele, sentada ereta, que erguia ao espectador um pesado regalo de pele, que lhe cobria todo o antebraço.

O olhar de Gregor dirigiu-se, então, à janela, e o céu nublado – ouviam-se pingos de chuva batendo sobre a calha da janela

– deixou-o totalmente melancólico. "E se eu dormisse mais um pouco e esquecesse todas essas maluquices?", pensou, mas isso era impossível, pois ele estava acostumado a dormir do lado direito e, no estado atual, não conseguia se colocar nessa posição. Por mais que se esforçasse em se jogar para o lado direito, voltava sempre a balançar de costas. Tentou umas cem vezes, pelo menos, fechando os olhos para não ver a agitação das pernas se debatendo e desistiu apenas quando começou a sentir do lado uma dor, leve e indefinida, que nunca havia experimentado.

"Oh, Deus", pensou, "que profissão cansativa fui escolher! Entra dia, sai dia, e eu sempre viajando. O trabalho é muito maior do que na firma em si, e, além disso, ainda recebi essa praga de viajar, a preocupação com as conexões dos trens, as refeições irregulares e ruins, o contato sempre casual com as pessoas, que nunca se mantém, nunca é caloroso. Aos diabos com tudo isso!" Ele sentiu uma leve coceira na barriga; de costas, deslocou-se devagar em direção à cabeceira da cama a fim de conseguir erguer melhor a cabeça; o lugar onde coçava mostrou-se repleto de pontinhos brancos, que não sabia o que era; quis tocá-lo com uma perna, mas imediatamente a puxou de volta, pois sentiu um arrepio gelado no contato.

Deslizou de volta para a posição anterior. "Isso de acordar cedo", pensou, "deixa a pessoa completamente idiotizada. O homem precisa de seu sono. Outros viajantes vivem como mulheres em um harém. Quando eu volto, pela manhã, ao hotel para transcrever as encomendas que recebi, por exemplo, esses senhores ainda estão à mesa do café. Ousasse eu fazer o mesmo com meu chefe; seria colocado no olho da rua na mesma hora. Quem sabe se isso não seria bom para mim? Se eu não tivesse de me conter por causa de meus pais, já teria pedido demissão há muito tempo; teria me colocado na frente do chefe e dito a ele minha opinião sincera. Ele cairia da escrivaninha! Também é um costume esquisito, esse de se sentar sobre a escrivaninha e falar com o funcionário de cima para baixo, que, além disso, tem de se aproximar muito por causa da dificuldade de audição do chefe. Bem, ainda há uma esperança; no dia que tiver juntado o dinheiro para pagar o que os meus pais lhe devem – isso daqui uns cinco ou seis anos ainda –, faço a coisa sem falta. Então romperei de vez. No momento, entretanto, o melhor é me levantar, pois meu trem parte às cinco."

E olhou para o despertador que tiquetaqueava sobre a cômoda. "Deus do céu!", pensou. Eram seis e meia e os ponteiros avançavam tranquilamente, já passava até da meia hora, eram quase quinze para as sete. Será que o despertador não tinha tocado? Da cama, dava para ver que ele estava regulado corretamente para as quatro horas; claro que devia ter tocado. Sim, mas seria possível continuar dormindo com serenidade apesar daquele barulho que trepidava os móveis? Bem, seu sono não havia sido sereno, mas, aparentemente, até mais profundo. E o que fazer agora? O próximo trem saía às sete horas; para alcançá-lo, teria de correr feito um louco, mas a coleção ainda não estava empacotada; e ele mesmo não se sentia nada disposto e ágil. E mesmo se conseguisse alcançar o trem, não seria possível escapar da explosão do chefe, pois o contínuo da firma o aguardara no trem das cinco e, havia muito, teria informado de sua ausência. Era uma criatura do chefe, sem dignidade nem discernimento. E se ele dissesse que estava doente? Mas isso seria extremamente constrangedor e suspeito, pois, durante seus cinco anos de serviço, Gregor não tinha caído doente nem uma vez. Com certeza o chefe chegaria com o médico do sistema de saúde, repreenderia os pais por causa do filho preguiçoso e desprezaria todas as objeções recorrendo ao médico, para quem todas as pessoas são inteiramente saudáveis, só não têm disposição para trabalhar. E será que ele estaria tão errado assim desta vez? Gregor sentia-se realmente bem-disposto e estava até com bastante fome, exceto por uma sonolência realmente desnecessária depois do longo sono.

Quando pensava nisso tudo de um modo apressado, sem conseguir se decidir a sair da cama – o despertador tinha acabado de tocar quinze para as sete –, bateram com cuidado à porta que ficava por detrás da cabeceira de sua cama.

– Gregor – dizia sua mãe –, são quinze para as sete. Você não ia viajar?

A voz suave! Gregor assustou-se ao ouvir sua própria voz responder-lhe, sem dúvida sua voz, mas na qual se misturava um pipilar doloroso como que vindo de baixo, irreprimível, que mantinha a clareza das palavras apenas no primeiro instante, para depois abalar sua ressonância de tal maneira que não era possível ter certeza de tê-las ouvido corretamente. Gregor queria ter respondido detalhadamente e explicar tudo, mas, em tais circunstâncias, limitou-se a dizer:

– Sim, sim, obrigado, mãe, já vou me levantar!

A mudança na voz de Gregor não deve ter sido percebida lá fora por causa da porta de madeira, pois a mãe contentou-se com essa explicação e se afastou arrastando os pés. Mas o curto diálogo chamou a atenção dos outros membros da família para o fato de que, contrariando o esperado, Gregor ainda estava em casa, e logo o pai estava batendo numa porta lateral, suavemente, mas com o punho.

– Gregor, Gregor – chamou ele –, o que aconteceu? – E, depois de um breve momento, advertiu novamente, com uma voz mais grave:

– Gregor! Gregor!

Junto à outra porta lateral, porém, a irmã lamentava baixinho:

– Gregor? Você não está bem? Precisa de alguma coisa?

Gregor respondeu para os dois lados:

– Já estou pronto – esforçando-se para eliminar qualquer estranheza da voz, pronunciando as palavras da maneira mais cuidadosa possível e fazendo longas pausas entre elas. O pai voltou ao café da manhã, mas a irmã sussurrou:

– Gregor, abra, por favor.

Não passava pela cabeça de Gregor abrir a porta; em vez disso, saudou a prudência que adquirira das viagens de, mesmo em casa, trancar todas as portas durante a noite.

Primeiro ele queria se levantar com calma e sem ser perturbado, vestir-se e, principalmente, tomar o café, e só depois pensar no que aconteceria então, pois sabia que, na cama, suas reflexões não chegariam a uma conclusão sensata. Lembrou-se de, muitas vezes, ter sentido uma leve dor na cama, devido talvez a uma posição desajeitada qualquer, e que ao se levantar se revelava pura imaginação, e estava ansioso para saber como a ilusão de hoje se desfaria gradualmente. Não tinha qualquer dúvida que a mudança na sua voz não era mais do que o prenúncio de um tremendo resfriado, uma doença ocupacional dos viajantes.

Livrar-se da coberta foi bastante simples; ele precisou apenas se estufar um pouco e ela caiu sozinha. Mas em seguida ficou difícil, principalmente porque ele estava extremamente largo. Ele teria precisado de braços e mãos para se levantar; em vez disso, porém, só tinha as muitas perninhas que não paravam de se movimentar nas mais diversas direções e que, além disso, não conseguia dominar. Se quisesse dobrar uma, ela era a primeira a se esticar; quando finalmente conseguia fazer o que tinha em mente com essa perna, todas as outras trabalhavam na mais frenética e dolorosa agitação no meio-tempo, como se estivessem soltas. "Só não ficar na cama inutilmente", Gregor disse a si mesmo.

Primeiro ele quis sair da cama com a parte inferior do corpo, mas essa parte inferior, que, aliás, ele ainda não tinha visto e sobre a qual não tinha uma noção exata, mostrou-se difícil de ser movimentada; ia tão devagar; e por fim, quase irracionalmente, quando conseguiu se lançar para a frente com toda força que conseguira reunir, sem pensar nas consequências, tinha escolhido a direção errada, batendo com força no pé da cama, e a dor lancinante que sentiu o ensinou que justamente a parte inferior do corpo fosse, talvez, naquele momento, a mais sensível.

Assim, tentou primeiro tirar a parte superior do corpo, e virou com cuidado a cabeça em direção à beira da cama. Isso foi fácil, e apesar de sua largura e de seu peso, finalmente a massa do corpo seguiu com lentidão a virada da cabeça. Mas quando conseguiu enfim sustentar a cabeça no ar, ficou com medo de continuar avançando dessa maneira, pois caso se deixasse cair assim, seria preciso um milagre para não machucá-la. E ele não poderia perder a consciência justo agora, ao preço que fosse; era preferível ficar na cama. Depois de esforço semelhante, porém, quando voltou a se deitar como antes, e viu novamente suas perninhas lutarem entre si com uma fúria talvez até maior, sem encontrar maneira alguma de restabelecer a calma e a ordem naquela bagunça, ele disse a si mesmo novamente que era impossível permanecer na cama e que o mais sensato seria sacrificar tudo, caso houvesse a mínima esperança de se livrar dela. Ao mesmo tempo, contudo, ele não se esqueceu de recordar a si mesmo, de tempos em tempos, que reflexões frias, mesmo as muito frias, são melhores do que decisões desesperadas. Nessas horas ele dirigia os olhos da maneira mais incisiva possível para a janela, mas infelizmente a visão da neblina da manhã, que encobria até mesmo o outro lado da estreita rua, transmitia pouca confiança e coragem. "Já são sete horas", disse a si mesmo quando o despertador tornou a bater, "já são sete horas e ainda uma neblina dessas." E por um breve instante ele ficou deitado lá com a respiração fraca, como se esperasse, talvez do silêncio, o retorno da situação real e natural.

Mas então ele disse a si mesmo: "Antes de bater sete e quinze, preciso ter saído totalmente da cama. E, além disso, até lá, vai chegar alguém do trabalho para perguntar por mim, pois a firma abre antes das sete horas". E em seguida começou a balançar toda a extensão do corpo, de maneira totalmente uniforme. Caso se deixasse cair desse modo, a cabeça, que ele queria erguer bastante durante a queda, supostamente permaneceria ilesa. As costas pareciam rijas; provavelmente não sofreriam ao cair no tapete. Sua maior dúvida era em relação ao barulho, que seria ouvido atrás de todas as portas; se não causaria susto, pelo menos apreensão. Mesmo assim, era preciso arriscar.

Quando Gregor já estava com metade do corpo fora da cama – o novo método era mais uma brincadeira do que um esforço, pois ele precisava apenas balançar o corpo, empurrando-o para trás –, lembrou-se de como tudo seria simples se tivesse ajuda. Duas pessoas fortes – pensou no pai e na empregada – seriam totalmente suficientes; elas teriam apenas de colocar seus braços por baixo de suas costas abauladas e desgrudá-lo da cama, curvar-se com o peso do fardo e então apenas aguardar com cuidado que ele completasse a virada sobre o chão, onde se esperava que as perninhas cumprissem sua função. Bem, desconsiderando totalmente que as portas estavam trancadas, ele realmente deveria chamar por socorro? Apesar de toda a necessidade, não pôde deixar de reprimir um sorrisinho nesse pensamento.

Ele já estava no ponto de não conseguir mais se equilibrar numa balançada mais forte, e muito em breve teria de se decidir definitivamente, pois em cinco minutos seriam sete e quinze – quando a campainha da porta de entrada tocou. "É alguém da firma", disse a si mesmo e quase ficou paralisado, enquanto suas perninhas dançavam ainda mais rapidamente. Tudo ficou em silêncio por um instante. "Eles não vão abrir", pensou Gregor, agarrado a alguma esperança absurda. Mas então, como de costume, os passos firmes da empregada se dirigiram à porta e ela a abriu. Gregor só precisou ouvir as primeiras palavras da saudação do visitante e já sabia quem era – o gerente em pessoa. Por que Gregor estava condenado a servir numa firma em que a menor das faltas logo encetava a maior das suspeitas? Será que todos os funcionários, sem exceção, eram vagabundos? Será que não existia entre eles uma pessoa leal que, mesmo sem dedicar apenas algumas poucas horas da manhã para a firma, tenha ficado louca de tanto remorso e literalmente sem condições de sair da cama? Não bastava mesmo mandar um aprendiz perguntar – caso isso fosse realmente necessário –, precisava aparecer o gerente em pessoa, e precisava, por causa disso, ser mostrado para toda a família inocente que a investigação dessa situação suspeita só podia ser confiada ao discernimento do gerente? E mais em razão do nervosismo, que assaltou Gregor por causa desses pensamentos, do que devido a uma decisão propriamente dita, ele se lançou da cama com toda força. Houve um barulho alto, mas não um estrondo de verdade. A queda foi um pouco atenuada pelo tapete, e as costas também eram mais flexíveis do que Gregor havia pensado, de modo que foi apenas um baque surdo, nem tão chamativo assim. Ele apenas não segurou a cabeça com tanto cuidado, que acabou batendo; de raiva e dor, ele a girou de um lado para o outro, esfregando-a no tapete.

– Caiu alguma coisa lá dentro – disse o gerente na sala. Gregor tentou imaginar se alguma vez o gerente poderia passar por algo semelhante como o que aconteceu hoje com ele; a possibilidade tinha que ser admitida. Mas como uma resposta rude a essa observação, o gerente deu alguns passos firmes no quarto vizinho, estalando suas botas de verniz. Do quarto à direita a irmã sussurrou para avisar Gregor:

– Gregor, o gerente está aí.

– Eu sei – disse Gregor; mas não ousou elevar a voz de maneira que a irmã pudesse ouvi-lo.

– Gregor – dizia agora o pai, do quarto à esquerda –, o senhor gerente chegou e quer saber por que você não partiu no primeiro trem. Nós não sabemos o que dizer a ele. Além disso, quer falar com você pessoalmente. Então, por favor, abra a porta. Ele terá a bondade de desculpar a desordem do seu quarto.

– Bom dia, senhor Samsa. – O gerente se interpôs amigavelmente.

– Ele não está se sentindo bem – disse a mãe ao gerente, enquanto o pai ainda falava junto à porta –, ele não está se sentindo bem, acredite em mim, senhor gerente. Por que motivo então ele perderia um trem? O garoto não pensa em outra coisa senão na firma. Eu quase fico brava por ele nunca sair à noite; acabou de passar oito dias na cidade, mas ficou em casa todas as noites. Senta-se à mesa conosco e lê o jornal em silêncio ou estuda os horários dos trens. Ocupar-se com a serra tico-tico já é uma distração. Durante duas ou três noites, por exemplo, ficou entalhando uma pequena moldura; o senhor vai se espantar como é bonita; está pendurada dentro do quarto; o senhor logo a verá, assim que Gregor abrir. Aliás, estou satisfeita pelo senhor estar aqui, senhor gerente; sozinhos não teríamos conseguido fazer com que Gregor abrisse a porta; ele é tão teimoso; e certamente não está passando bem, apesar de ter dito o contrário pela manhã.

– Já venho – disse Gregor lenta e cautelosamente, sem se mover para não perder uma palavra sequer da conversa.

– Não imagino qualquer outra explicação, minha senhora – disse o gerente –, tomara que não seja nada sério. Embora, por outro lado, tenho de dizer que nós, homens de negócios – feliz ou infelizmente, como quiser –, somos obrigados muitas vezes a simplesmente não levar em conta uma leve indisposição para não prejudicar os negócios.

– E, então, o senhor gerente já pode entrar? – perguntou o pai impaciente, batendo novamente na porta.

– Não – disse Gregor.

O quarto à esquerda ficou num silêncio constrangedor; a irmã começou a soluçar no quarto à direita.

Por que será que a irmã não ia até onde os outros estavam? Ela devia ter acabado de sair da cama e ainda nem devia ter começado a se vestir. E por que chorava? Porque ele não levantava e não deixava o gerente entrar, porque ele estava a perigo de perder o emprego e porque daí o chefe passaria a perseguir os pais novamente com as antigas exigências? Por enquanto, essas preocupações eram desnecessárias. Gregor ainda estava aqui e não lhe passava pela cabeça abandonar a família. No momento estava deitado sobre o tapete, e ninguém que tivesse sabido de seu estado teria lhe exigido a sério que deixasse o gerente entrar. Mas por causa dessa pequena descortesia, para a qual seria fácil achar mais tarde uma desculpa adequada, Gregor não poderia ser demitido repentinamente. E, em sua opinião, parecia que agora seria muito mais adequado deixá-lo em paz do que perturbá-lo com choro e falatório. Mas era exatamente a incerteza que ameaçava os outros que lhes desculpava o comportamento.

– Senhor Samsa – disse então o gerente elevando a voz –, o que está acontecendo? O senhor se entrincheira em seu quarto, responde apenas com sim ou não, preocupa de maneira grave e desnecessária seus pais e deixa de cumprir, diga-se de passagem, suas obrigações profissionais de modo inaudito. Falo aqui em nome de seus pais e de seu chefe e peço-lhe seriamente uma explicação imediata e convincente. Estou pasmo, pasmo. Eu o considerava uma pessoa calma, sensata, e agora parece que o senhor quer começar a mostrar humores estranhos. Embora o chefe tenha me dado hoje cedo uma explicação possível para sua falta – fez referência aos pagamentos à vista que lhe foram confiados há pouco –, quase dei minha palavra de honra de que não podia ser isso. Mas então vejo agora sua teimosia inexplicável e perco toda e qualquer vontade de fazer o mínimo que seja pelo senhor. E seu emprego não é mesmo dos mais seguros. A princípio, eu tinha a intenção de dizer-lhe isso em particular, mas já que o senhor desperdiça meu tempo aqui, não sei por que os senhores seus pais também não devessem ficar sabendo. Seu desempenho nos últimos tempos foi muito insatisfatório; embora saibamos que esta não seja a época do ano de fechar bons negócios, não existe uma época do ano para não se fazer negócio algum, senhor Samsa, isso não pode existir.

– Mas, senhor gerente – disse Gregor fora de si, esquecendo de todo o resto na excitação –, vou abrir a porta imediatamente, agora mesmo. Uma pequena indisposição, um acesso de tontura, impediram-me de levantar. Eu ainda estou deitado na cama. Mas agora já estou bem. Estou saindo da cama. Só mais um pouquinho de paciência! Não está sendo tão fácil como eu imaginava. Mas já estou bem. Como é que alguém pode passar por isso? Ontem à noite eu ainda estava disposto, meus pais sabem disso, ou melhor, ontem à noite tive um breve prenúncio. Deviam ter notado. Por que não avisei na firma? Porque a gente sempre acaba achando que vai superar a doença sem ter que ficar em casa. Senhor gerente! Poupe meus pais! Não há motivo para todas as reprimendas que o senhor me faz agora; ninguém me disse palavra a esse respeito. Talvez o senhor não tenha lido os últimos pedidos que enviei. Aliás, ainda vou seguir viagem com o trem das oito, essas horas de repouso me fortaleceram. Não se demore mais por aqui, senhor gerente; logo estarei na firma, e tenha a bondade de dizer isso ao senhor chefe e cumprimentá-lo por mim.

E enquanto Gregor desembuchava tudo apressadamente e mal sabia o que estava dizendo, aproximou-se com facilidade do armário, talvez por causa dos exercícios que tinha feito, e tentava agora erguer-se apoiado nele. Queria realmente abrir a porta, mostrar-se e falar com o gerente; estava ansioso para descobrir o que os outros, que tanto o chamavam, diriam ao vê-lo. Caso se assustassem, então Gregor não teria mais responsabilidade e poderia se acalmar. Caso, porém, levassem tudo com naturalidade, então ele também não teria mais motivo para ficar nervoso, e poderia, apressando-se, realmente estar na estação de trem às oito horas. Primeiro escorregou algumas vezes ao longo do armário liso, mas finalmente deu um último impulso e ficou em pé; e por mais intensas que fossem, não notava mais as dores na parte inferior do corpo. Depois se deixou cair contra o espaldar de uma cadeira próxima e se agarrou à borda com suas perninhas. Isso lhe devolveu o autocontrole e ele calou, pois agora podia ouvir o gerente.

– Os senhores entenderam uma única palavra? – perguntou o gerente. – Ele não está nos fazendo de bobos?

– Pelo amor de Deus – disse a mãe, chorando –, talvez ele esteja seriamente doente, e nós o torturamos. Grete! Grete! – ela chamou a seguir.

– Mãe? – respondeu a irmã do outro lado. Elas se comunicavam através do quarto de Gregor.

– Você precisa ir agora ao médico. Gregor está doente. Chame rápido o médico. Você ouviu o Gregor falando?

– Era uma voz de animal – disse o gerente, num tom claramente mais baixo, perto da estridência da mãe.

– Anna, Anna! – chamou o pai através da antessala em direção à cozinha, batendo as mãos. – Busque imediatamente um chaveiro! E em seguida as duas moças saíram correndo com as saias farfalhando – como a irmã se vestiu tão depressa? – e abriram a porta da entrada. Ninguém escutou a porta fechar; elas devem tê-la deixado aberta, como se faz nas casas onde aconteceu uma grande desgraça.

Gregor, porém, estava muito mais calmo. Então suas palavras não eram mais entendidas, embora tenham lhe soado claras o suficiente, mais claras do que antes, talvez por causa do ouvido acostumado. Mas pelo menos já acreditavam que ele não estava bem e se dispunham a ajudá-lo. A confiança e a certeza de que as primeiras providências foram tomadas lhe fizeram bem. Ele sentia que fazia parte novamente do mundo dos homens e esperava de ambos, do médico e do chaveiro, sem distingui-los, um desempenho excepcional e surpreendente. A fim de contar com uma voz possivelmente clara para a conversa decisiva que se aproximava, deu umas tossidinhas, esforçando-se, entretanto, para fazê-lo sem alarde, já que era previsível que também esse barulho soasse diferente de uma tosse humana, algo que ele próprio não mais ousava diferenciar. O quarto ao lado tinha ficado totalmente silencioso. Talvez os pais estivessem sentados à mesa com o gerente e confabulavam, talvez estivessem todos encostados na porta, escutando.

Lentamente, Gregor empurrou a cadeira até a porta, largou-a lá e atirou-se contra a porta para se amparar em pé – as almofadinhas de seus pés eram um tanto grudentas – e descansou do esforço ali, por um instante. Mas então se pôs a girar a chave na fechadura com a boca. Parecia, infelizmente, que não tinha dentes de verdade – com o que seguraria a chave? –, mas, por outro lado, as mandíbulas eram verdadeiramente fortes; com essa ajuda, ele conseguiu movimentar a chave e não percebeu que estava se machucando, pois um líquido marrom saiu de sua boca, escorreu sobre a chave e pingou no chão.

— Escutem — disse o gerente no quarto ao lado —, ele está girando a chave.

Para Gregor, isso foi um grande encorajamento; todos, porém, deveriam encorajá-lo, até o pai e a mãe: "Vamos, Gregor", diriam, "continue, continue mexendo com firmeza na fechadura!". E imaginando que todos acompanhavam seus esforços com atenção, sem pensar, mordeu a chave com toda a força que conseguiu reunir. À medida que prosseguia a rotação da chave, ele volteava a fechadura; agora se segurava em pé apenas com a boca, empurrando a chave ou puxando-a novamente para baixo com todo o peso do corpo, de acordo com a necessidade. O estalido mais sonoro da fechadura, que finalmente tinha cedido, literalmente acordou Gregor. Inspirando profundamente, disse a si mesmo: "Não precisei do chaveiro", e deitou a cabeça na maçaneta para abrir a porta totalmente.

Como teve de puxá-la para si, manteve-se oculto mesmo quando a porta ficou escancarada. Ele tinha primeiro de contornar uma das folhas da porta, com muito cuidado, caso não quisesse cair em cheio de costas bem na entrada do quarto. Ele ainda estava ocupado com esse movimento difícil, sem tempo de observar qualquer outra coisa, quando ouviu o gerente soltar um "Oh!" agudo — que parecia o vento zunindo —, e então Gregor o viu também; era o mais próximo da porta e tapava a boca aberta com a mão, recuando lentamente, como se impelido por uma força invisível, contínua. A mãe — apesar da presença do gerente, seu cabelo estava com o cabelo desgrenhado pela noite, espetado —, com as mãos entrelaçadas, olhou primeiro para o pai, depois deu dois passos em direção a Gregor e caiu no chão em meio ao torvelinho de saias, o rosto totalmente escondido no peito. O pai cerrou os punhos com uma expressão hostil, como se quisesse obrigar Gregor a voltar para o quarto com um soco, depois olhou em torno da sala, inseguro, tampou os olhos com as mãos e chorou, fazendo o peito vigoroso sacudir.

    Gregor não entrou na sala, mas apoiou-se do lado de dentro da porta travada, de maneira que só era possível enxergar metade de seu corpo e, acima, a cabeça inclinada para o lado, com a qual mirava os outros. O tempo estava agora muito mais aberto; no outro lado da rua avistava-se claramente um pedaço do prédio em frente, interminável, cinza-escuro – era um hospital – com a sequência de janelas que quebravam sua fachada bruscamente; continuava chovendo, mas apenas com pingos grandes, visíveis um a um, e que caíam, literalmente, também um a um. A louça do café da manhã estava disposta fartamente sobre a mesa, pois para o pai o desjejum era a principal refeição do dia, a qual ele estendia por horas enquanto lia diversos jornais. Na parede exatamente em frente estava a fotografia de Gregor durante o serviço militar, apresentando-o como tenente, a mão na espada, sorrindo despreocupado, exigindo respeito por sua postura e uniforme. A porta para a antessala estava aberta e, como a porta da sala também estava aberta, era possível enxergar o vestíbulo e o começo da escada que descia.

    – Bem – disse Gregor, sabendo que era o único a ter mantido a calma –, vou já me vestir, empacotar a coleção e sair. Vocês querem mesmo me deixar sair? Bem, senhor gerente, o senhor vê que eu não sou teimoso e gosto de trabalhar; viajar é penoso, mas eu não poderia viver sem as viagens. Para onde o senhor vai, senhor gerente? Para a firma? Sim? O senhor vai relatar tudo fielmente? A pessoa pode estar incapacitada para o trabalho no momento, mas então essa é a hora certa para se lembrar de seu desempenho passado e lembrar que mais tarde, depois de superadas as dificuldades, ela irá trabalhar certamente com mais afinco e concentração. Eu devo muito ao senhor chefe, o senhor bem sabe. Por outro lado, tenho de cuidar de meus pais e de minha irmã. Estou numa situação complicada, mas também vou sair dessa. Não me torne as coisas mais difíceis do que já são. Fique do meu lado na firma! Sei que os caixeiros-viajantes não são bem-vistos. Todos pensam que eles ganham uma dinheirama e levam uma vida plena. É que não há uma oportunidade especial para se analisar melhor essa noção. O senhor, porém, senhor gerente, tem uma visão geral melhor sobre as circunstâncias do que o restante dos funcionários, sim, falando com confiança, uma visão geral melhor do que o próprio chefe, que, como empresário, é facilmente influenciável contra qualquer um dos funcionários. O senhor também sabe bem que o caixeiro-viajante, que fica quase o ano todo longe da firma, rápido pode se tornar uma vítima de fofocas, coincidências e reclamações infundadas contra as quais é quase impossível se defender, visto que em geral não tem qualquer conhecimento sobre o assunto; somente quando termina uma viagem, exausto, e sente no próprio corpo as perigosas consequências, cujos motivos não são mais reconhecíveis. Senhor gerente, não vá embora sem me dizer uma palavra que mostre que o senhor me dá ao menos um pouco de razão.

Mas o gerente tinha se afastado já nas primeiras palavras de Gregor, e olhava para trás em sua direção somente por sobre o ombro trêmulo, com a boca aberta. Não ficou quieto nem um momento enquanto Gregor falava, mas esgueirou-se junto da porta sem tirar os olhos dele, pouco a pouco, como se houvesse uma proibição secreta de se deixar a sala. Logo chegou à antessala, e depois do movimento súbito com o qual puxou o pé pela última vez da sala de estar, era possível imaginar que ele tivesse acabado de pisar em brasas. Na antessala, porém, ele esticou ao máximo a mão direita na direção da escada, como se esperasse de lá uma salvação sobrenatural.

Gregor percebeu que não poderia deixar de maneira alguma o gerente ir embora nesse estado de espírito, caso não quisesse que sua posição na firma corresse sério risco. Os pais não entendiam isso muito bem; ao longo dos anos, desenvolveram a ideia de que Gregor estava com a vida arranjada naquele emprego e, além disso, ocupavam-se tanto com suas preocupações atuais que não lhes ocorria pensar no futuro. Mas Gregor pensava. O gerente tinha que ser detido, acalmado, convencido e, finalmente, conquistado; afinal, o futuro de Gregor e de sua família dependia disso! Se a irmã estivesse aqui! Ela era inteligente; tinha chorado quando Gregor ainda estava calmamente deitado de costas. E certamente o gerente, esse galanteador, teria se deixado levar por ela, que teria fechado a porta e, na antessala, dissipado-lhe o horror. Mas a irmã não estava, Gregor tinha de agir por si só. E sem pensar que ainda nem conhecia suas capacidades atuais de se movimentar, sem lembrar que sua fala possivelmente – sim, provavelmente – não tinha sido compreendida outra vez, afastou-se da porta; deslizou pela abertura; queria ir até o gerente, que já estava ridiculamente agarrado ao corrimão do vestíbulo; mas de súbito, depois de procurar por um apoio e com um pequeno grito, caiu no chão sobre suas muitas perninhas. Mal isso tinha acontecido, teve, pela primeira vez nessa manhã, uma sensação de bem-estar físico; as perninhas tinham terra firme embaixo de si; elas obedeciam completamente, como percebeu com alegria; até se esforçavam em levá-lo para onde quisesse; e ele passou a acreditar que o alívio final de todo o sofrimento estava por acontecer. No mesmo momento, porém, em que estava ali, sacudindo-se no chão, não longe da mãe – exatamente na sua frente –, ela, que ainda parecia estar totalmente imersa dentro de si, deu um salto súbito para o alto, os braços estendidos, os dedos esticados e gritou:

– Socorro, pelo amor de Deus! – E manteve a cabeça baixa, como se quisesse ver Gregor melhor, mas, contraditoriamente, recuou sem refletir; tinha esquecido que atrás de si estava a mesa posta; como se fosse desatenta, sentou-se apressadamente sobre ela e parecia nem notar que, ao seu lado, o grande bule derrubado despejava rios de café sobre o tapete.

– Mãe, mãe – disse Gregor baixinho, e olhou para cima em sua direção.

Nesse momento, tinha se esquecido totalmente do gerente; mas não conseguiu evitar bater as mandíbulas no vazio ao avistar o café derramado. Por causa disso, a mãe gritou novamente, saiu da mesa e caiu nos braços do pai que vinha acolhê-la. Gregor, porém, não tinha tempo agora para os pais; o gerente já estava na escada; com o queixo apoiado no corrimão, olhou para trás uma última vez. Gregor tomou impulso para ter melhor certeza de alcançá-lo; o gerente devia suspeitar de alguma coisa, pois saltou vários degraus e desapareceu; mas ainda gritou "Uh!", e isso ecoou por toda a extensão da escada. Infelizmente, a fuga do gerente pareceu pôr o pai completamente fora de si, embora até então estivesse razoavelmente calmo, pois em vez de sair atrás do gerente ou pelo menos não atrapalhar Gregor na perseguição, pegou com a mão direita a bengala, que o gerente havia deixado para trás numa cadeira, junto com o chapéu e o sobretudo, catou com a esquerda o jornal da mesa e, batendo os pés, forçou Gregor a voltar para o quarto ao brandir a bengala e o jornal. De nada valeram os pedidos de Gregor, nenhum pedido foi também entendido; por mais que humildemente abaixasse a cabeça, o pai batia cada vez mais forte com os pés. Do outro lado, a mãe tinha aberto uma janela, apesar do tempo frio, e, voltada para fora, bem afastada da janela, apertava o rosto nas mãos. Entre a rua e a escadaria formava-se uma forte corrente de ar, as cortinas levantavam-se, os jornais sobre a mesa farfalhavam, algumas folhas soltas caíram no chão. O pai ameaçava-o impiedosamente, guinchando como um louco. Acontece que Gregor não tinha qualquer treino em andar de ré, movia-se realmente com muita lentidão. Se pudesse dar meia-volta, estaria logo em seu quarto, mas temia impacientar o pai com a manobra demorada, e a cada instante era ameaçado pelo golpe fatal da bengala na mão do pai sobre as costas ou a cabeça. Por fim, porém, não restou outra alternativa a Gregor, pois percebeu, desapontado, que ao andar para trás não conseguia nem manter a direção; e então, sem parar de observar temerosamente o pai de soslaio, começou a se virar o mais rápido possível, mas na verdade muito lentamente. Talvez o pai percebesse sua boa vontade, pois não o atrapalhava nisso, e inclusive dirigia de quando em quando a manobra à distância com a ponta da bengala. Se ao menos não fossem aqueles guinchos insuportáveis do pai! Gregor perdeu a cabeça por causa disso. Ele já tinha se virado quase todo quando, sempre escutando os guinchos, chegou até a se confundir e virou um tanto na direção errada. Mas quando finalmente estava feliz com a cabeça na abertura da porta, aconteceu de seu corpo ser muito largo para atravessá-la. Evidente que, na distância em que se encontrava, o pai não teve a ideia de talvez abrir a outra folha, a fim de conseguir espaço suficiente para Gregor passar. Sua ideia fixa era apenas a de que Gregor tinha de entrar o mais rápido possível no quarto. Ele também nunca teria permitido que Gregor se dedicasse aos trabalhosos preparativos necessários para se levantar e, talvez desse modo, passar pela porta. Em vez disso, impelia-o para a frente como se não houvesse qualquer obstáculo; o barulho que Gregor ouvia atrás de si já não lhe soava como a voz de um pai; agora a situação tinha perdido a graça, e Gregor forçou – acontecesse o que acontecesse – a entrada pela porta. Um dos lados de seu corpo se elevou, ele ficou torto na abertura da porta, seu flanco estava todo machucado, apareceram manchas feias na porta branca, ele logo estava entalado e não podia mais se mexer por conta própria, as perninhas tremendo no alto de um lado, do outro, pressionadas dolorosamente contra o chão – e aí o pai lhe tascou por trás um empurrão verdadeiramente salvador, e sangrando abundantemente ele voou para bem dentro do quarto. A porta foi fechada com a bengala, e então, finalmente, tudo ficou em silêncio.

Parte 2

Foi apenas ao anoitecer que Gregor acordou do profundo sono, similar a um desmaio. Certamente não teria acordado muito mais tarde mesmo sem ser perturbado, pois se sentia suficientemente descansado e bem dormido, mas lhe pareceu que tinha sido despertado por um passo fugaz e um fechar cauteloso da porta que dava para a antessala. O brilho das lâmpadas elétricas da rua projetava-se pálido aqui e ali no teto e nas partes mais altas dos móveis, mas embaixo, junto a Gregor, estava escuro. Ainda tateando desajeitadamente com as antenas, as quais apenas agora aprendia a valorizar, ele se arrastou até a porta a fim de verificar o que tinha acontecido por lá. Seu lado esquerdo parecia uma única e longa cicatriz, cujo repuxar incomodava, e ele tinha realmente de mancar sobre as duas fileiras de pernas. Uma delas, aliás, tinha sido gravemente machucada durante os acontecimentos da manhã – era quase um milagre que apenas uma tivesse sido afetada – e arrastava-se, sem vida, atrás das outras.

Apenas junto à porta ele percebeu o que o tinha atraído até lá; era o cheiro de algo comestível. Pois ali havia uma tigela de leite adoçado, na qual flutuavam pedacinhos de pão branco. Ele quase riu de contentamento, pois sentia ainda mais fome do que pela manhã, e imediatamente mergulhou a cabeça no leite, quase até os olhos. Mas logo a puxou de volta, decepcionado; não apenas porque seu lado esquerdo machucado lhe dificultava comer – e ele só conseguia comer se movimentasse todo o corpo, resfolegando –, mas também nem o leite lhe apetecia, embora fosse sua bebida predileta, e por essa razão certamente a irmã o teria colocado ali; sim, ele se afastou da tigela quase com repulsa e se arrastou até o meio do quarto.

    Gregor viu, através da fenda da porta, que o gás estava aceso na sala de estar, mas enquanto nessa hora do dia o pai costumava ler o jornal vespertino em voz alta para a mãe e às vezes também para a irmã, agora não se ouvia nada. Talvez o hábito dessa leitura em voz alta, do qual a irmã sempre lhe contara e escrevia, tivesse se perdido nos últimos tempos. Havia o mesmo silêncio também ao redor, embora a casa certamente não estivesse vazia. "Que vida sossegada a família leva!", disse Gregor a si mesmo, e enquanto fitava imóvel a escuridão, sentiu um grande orgulho por poder proporcionar aos pais e à irmã uma vida assim numa casa tão boa. Mas o que aconteceria agora, se toda a calma, todo o conforto e toda a satisfação terminassem de maneira assustadora? Para não se perder em pensamentos desse tipo, Gregor preferiu se movimentar, rastejando de um lado para outro no quarto.

    Durante a longa noite, uma das portas laterais foi aberta ligeiramente, depois a outra, e logo foram fechadas; parece que alguém sentira necessidade de entrar, mas também tivera dúvidas demais para fazê-lo. Gregor então parou ao pé da porta da sala, decidido a fazer a visita temerosa entrar de qualquer jeito ou ao menos descobrir quem era; mas a porta não foi mais aberta e Gregor esperou em vão. De manhã, quando as portas estavam trancadas, todos queriam entrar, agora que ele tinha aberto uma porta e as outras aparentemente foram abertas durante o dia, mais ninguém aparecia e mesmo as chaves tinham sido colocadas do lado de fora.

A luz na sala só foi apagada muito tarde, e era fácil saber que os pais e a irmã ficaram acordados por tanto tempo, pois – como era possível ouvir com exatidão – os três agora se afastavam nas pontas dos pés. Assim era provável que ninguém mais entraria no quarto de Gregor até a manhã; ele tinha tempo suficiente para refletir sem ser perturbado sobre como reorganizar sua vida. Mas o enorme quarto vazio, no qual ele estava obrigado a deitar no chão, o amedrontava, sem que ele conseguisse descobrir a causa, pois era o quarto que habitava desde os cinco anos – e meio inconscientemente, não sem um pouco de vergonha, deu uma volta e correu para debaixo do sofá, onde se sentiu de imediato muito confortável, apesar das costas um tanto espremidas e de não conseguir mais erguer a cabeça, lamentando apenas que seu corpo fosse largo demais para caber todinho debaixo do sofá.

Ele ficou por lá a noite toda, da qual passou parte meio adormecido, constantemente acordando sobressaltado pela fome, e também imerso em preocupações e esperanças difusas. Todas as quais, por fim, levavam-no à conclusão de que, no momento, deveria manter a calma e, usando de paciência e do mais profundo respeito, ajudar a família a suportar os incômodos que ele, em sua presente condição, era obrigado a causar-lhe.

Já bem cedo pela manhã, Gregor teve oportunidade de testar a força de suas recentes decisões, pois a irmã, quase totalmente vestida, abriu a porta do quarto que dava para a antessala, olhando ansiosamente para dentro. Ela não o achou de imediato, mas quando o percebeu debaixo do sofá – Deus, ele tinha que estar em algum lugar, não podia ter voado para longe –, assustou-se de tal modo que, sem conseguir se conter, fechou novamente a porta por fora. Mas como se lamentasse seu comportamento, abriu a porta imediatamente de novo e entrou na ponta dos pés, como se estivesse junto a alguém muito doente ou até a um estranho. Gregor tinha esticado a cabeça até quase a beira do sofá e a observava. Será que ela perceberia que ele tinha desprezado o leite, não por falta de fome, e será que traria outra comida que mais lhe apetecesse? Caso ela não o fizesse por conta própria, ele preferia morrer de fome a avisá-la, apesar de sentir um ímpeto de sair de baixo do sofá, jogar-se aos pés da irmã e pedir-lhe algo bom para comer. Mas a irmã, espantada, percebeu de pronto a tigela ainda cheia, com apenas um pouco do leite derramado em volta, ergueu-a logo do chão, não com as mãos nuas, mas com um trapo, e levou-a para fora. Gregor estava muito curioso para saber o que ela traria em substituição, e pensou várias coisas a respeito. Mas nunca teria adivinhado o que realmente a irmã, em sua bondade, fez a seguir. A fim de testar seu paladar, trouxe-lhe uma grande variedade de coisas, tudo disposto sobre um jornal velho. Lá havia verduras meio podres; ossos do jantar, recobertos por molho branco endurecido; algumas passas e amêndoas; um queijo que Gregor achara impossível de se comer havia dois dias; um pão seco, um pão com manteiga e um pão com manteiga e sal. Além disso, uma tigela provavelmente agora destinada exclusivamente a Gregor, na qual tinha colocado água. E, por tato, já que sabia que Gregor não comeria na sua frente, ela se afastou rapidamente e até girou a chave, para que ele pudesse perceber que podia ficar tão à vontade quanto quisesse. As perninhas de Gregor zuniram quando ele se dirigiu à comida. Além disso, suas feridas deviam estar totalmente curadas agora, ele não sentia qualquer impedimento, ficou espantado por causa disso e lembrou-se de quando, há mais de um mês, tinha cortado o dedo levemente com a faca e de como essa ferida ainda lhe doía o suficiente anteontem. "Será que estou menos sensível agora?", pensou, chupando avidamente o queijo, que, de toda a comida, era a que mais forte e imediatamente o atraíra. Rapidamente, um atrás do outro e com os olhos lacrimejando de emoção, ele devorou o queijo, a verdura e o molho; os alimentos frescos, por sua vez, não lhe apeteciam, nem seu cheiro conseguia suportar, e arrastou por certa distância as coisas que queria comer.

Tinha acabado fazia tempo e estava deitado, preguiçoso, no mesmo lugar, quando a irmã virou lentamente a chave, num sinal de que deveria se retirar. Isso o fez levantar de imediato, apesar de estar quase cochilando, e se apressar para debaixo do sofá. Mesmo durante o pouco tempo em que a irmã esteve no quarto, ficar sob o sofá foi um grande sacrifício, pois, por causa da comida farta, seu ventre havia se estufado um pouco e ele mal podia respirar naquele aperto. Com os olhos um tanto saltados das órbitas e em meio a breves ataques de sufocação, ele assistia à irmã, que de nada suspeitava, juntar com a vassoura não somente os restos, mas também as comidas intocadas por Gregor, como se não prestassem mais, e como ela despejou tudo apressadamente num balde, que fechou com uma tampa de madeira e carregou para fora. Mal tinha se virado, Gregor saiu de debaixo do sofá, esticando e dilatando o corpo.

    Passou a receber comida todos os dias dessa maneira, uma vez pela manhã, quando os pais e a empregada ainda dormiam, e outra depois do almoço, pois então os pais voltavam a dormir um pouquinho e a empregada era despachada pela irmã com alguma tarefa. Certamente não queriam que morresse de fome, mas talvez não conseguissem suportar saber de suas refeições mais do que por ouvir falar, talvez fosse possível que a irmã quisesse poupá-los de uma pequena tristeza, pois, de fato, já sofriam o suficiente.

    Gregor não conseguiu saber quais foram os pretextos para se verem livres novamente do médico e do chaveiro naquela manhã; afinal, já que não tinha sido compreendido, ninguém, nem a irmã, pensava que ele pudesse compreender os outros, e então, quando ela estava no quarto, Gregor tinha de se satisfazer em ouvir, de tempos em tempos, apenas seus suspiros e invocações aos santos. Somente mais tarde, quando ela tinha se acostumado um pouco à situação – é claro que nunca poderia acostumar-se inteiramente –, Gregor apreendia às vezes uma observação feita com certa simpatia ou que podia ser interpretada desse modo.

– Hoje, sim, ele gostou – dizia quando Gregor comia bastante; no caso inverso, que estava se tornando cada vez mais frequente, costumava dizer, quase com tristeza: – De novo, deixou tudo.

Embora não pudesse descobrir qualquer novidade imediatamente, ele às vezes escutava algo dos quartos vizinhos, e bastava ouvir vozes para correr à porta em questão e encostar todo o corpo nela. Especialmente durante os primeiros dias não houve conversas que, de alguma maneira, não tratassem dele, mesmo que em segredo. Por dois dias, durante todas as refeições, a família deliberou sobre como devia se portar agora; mas o tema era o mesmo também entre as refeições, pois pelo menos dois membros da família sempre estavam em casa, já que ninguém queria ficar sozinho e não se podia, de maneira alguma, abandonar totalmente o apartamento. Logo nos primeiros dias, a cozinheira – não estava claro o que e quanto ela conhecia da situação – suplicou de joelhos à mãe de Gregor para demiti-la imediatamente, e quando se despediu, quinze minutos depois, agradeceu a demissão chorando, como se fosse a maior boa ação que lhe pudesse ter sido prestada e, sem que ninguém lhe pedisse, prestou um juramento solene de não dizer o mínimo que fosse a qualquer um.

Agora, com a ajuda da mãe, a irmã tinha também que cozinhar; entretanto, isso não exigia muito esforço, pois quase não se comia. Gregor escutava constantemente um insistindo para o outro comer, sem receber outra resposta que não "Obrigado, já estou satisfeito" ou algo semelhante. Talvez também não bebessem nada. Muitas vezes a irmã perguntava ao pai se queria uma cerveja, oferecendo-se gentilmente para buscá-la, e quando o pai calava, ela dizia, para que ele não se sentisse em dívida, que também poderia pedir à zeladora, mas, nessa altura, ele retorquia finalmente com um sonoro "Não", e não se falava mais disso.

Logo no primeiro dia, o pai expôs tanto à mãe quanto à filha a situação financeira e as perspectivas da família. De quando em quando se levantava da mesa e buscava algum recibo ou caderno de apontamentos em seu pequeno cofre, que tinha resgatado da falência de seu negócio havia cinco anos. Ouviam-no abrir o complicado cadeado e, depois de retirar o que procurava, fechá-lo novamente. Essas explicações do pai foram, em parte, a primeira coisa animadora que Gregor escutou em seu cativeiro. Ele achava que nada restara daquele negócio do pai, pelo menos o pai não lhe dissera coisa alguma em contrário, mas Gregor também nunca lhe havia perguntado a respeito. Naquela época, a preocupação de Gregor era apenas fazer todo o possível para que a família esquecesse rapidamente a infelicidade comercial que tinha mergulhado todos numa desesperança total. Assim, começara a trabalhar com maior fervor e, quase de um dia para o outro, passou de simples empregado de escritório a caixeiro-viajante, naturalmente com oportunidades bem diferentes de ganhar dinheiro, o sucesso no trabalho rapidamente se transformava em dinheiro vivo, que podia ser colocado sobre a mesa ante a surpresa e felicidade da família. Tinham sido tempos felizes, que nunca se repetiram, pelo menos não com esse brilho, embora mais tarde Gregor ganhasse o suficiente para sustentar a casa, sustentando-a de fato. Todos haviam simplesmente se acostumado a isso, tanto a família quanto Gregor; aceitavam o dinheiro agradecidos, ele o dava com prazer, mas não havia mais um calor especial. Apesar disso, como apenas a irmã tinha continuado próxima a Gregor – ela, ao contrário dele, amava muito a música e sabia tocar violino de maneira comovente –, era seu plano secreto enviá-la, no ano seguinte, ao conservatório, sem se importar com as vultosas despesas relacionadas com as quais arcaria de qualquer maneira. Muitas vezes, durante as breves estadas de Gregor na cidade, o conservatório era assunto nas conversas com a irmã, mas sempre apenas como um belo sonho, irrealizável, e os pais não gostavam de ouvir nem mesmo essas inocentes referências; no entanto, Gregor tomara a firme decisão de levar a ideia adiante e tinha a intenção de anunciar o fato solenemente no Natal.

Tais pensamentos totalmente inúteis em sua atual situação passavam-lhe pela cabeça, enquanto ficava em pé, colado à porta, escutando. Às vezes, de tão cansado, nem conseguia ouvir mais e, descuidado, deixava a cabeça bater contra a porta, mas imediatamente a erguia mais uma vez, pois mesmo esse leve ruído tinha sido ouvido ao lado, fazendo todos emudecerem.

– Sabe-se lá o que ele está aprontando de novo – disse o pai depois de um tempo, supostamente voltado para a porta, e só depois a conversa foi retomada aos poucos.

Gregor tomou então pleno conhecimento – visto que o pai costumava repetir-se em suas explicações, parte porque ele não se ocupava dessas coisas havia muito tempo, parte porque a mãe não entendia tudo na primeira vez – de que, apesar de toda a infelicidade, ainda havia uma pequena reserva dos tempos antigos, aumentada um pouco nesse meio tempo devido aos juros intocados. Além disso, o dinheiro que Gregor trouxe para casa todos os meses – ele só guardara alguns florins para si mesmo – não tinha sido totalmente consumido, formando um pequeno capital. Gregor, atrás da porta, assentiu vivamente, satisfeito com essa inesperada precaução e economia. Na verdade, ele poderia ter avançado na quitação da dívida do pai junto ao chefe com essa sobra, e o dia em que poderia se livrar do emprego estaria mais próximo, mas agora, sem dúvida, era melhor assim, da maneira como o pai havia arranjado.

Mas como esse dinheiro de maneira alguma bastava para que a família vivesse dos juros, talvez a mantivesse por um, dois anos, não mais. Era, portanto, uma soma que não devia ser usada, e que tinha de ser reservada para uma emergência; o dinheiro para viver, porém, tinha de ser ganho. O pai era um homem saudável, mas velho, que já não trabalhava havia cinco anos e não era de se esperar que fizesse muito; nesses cinco anos, as primeiras férias de sua vida esforçada, ainda que sem sucessos, tinha engordado muito e por isso estava bastante lento. Será que a velha mãe tinha agora de ganhar o dinheiro, ela que sofria de asma, que se cansava com uma simples caminhada pela casa, e que dia sim, dia não, passava o dia no sofá com a janela aberta por causa da falta de ar? E será que a irmã tinha de ganhar dinheiro, ela que ainda era uma criança com seus dezesseis anos, e que, até então, tinha tido uma vida agradável, resumida a se vestir bem, dormir bastante, ajudar no cuidado da casa, participar de alguns prazeres modestos e, principalmente, tocar violino? Quando a conversa tocava na necessidade de ganhar dinheiro, Gregor sempre soltava a porta e se jogava no fresco sofá de couro ao lado, afogueado de tanta vergonha e desespero.

Muitas vezes, ficava lá deitado durante noites inteiras, não dormia nem um instante e permanecia apenas respirando ruidosamente por horas sobre o couro. Ou encarava o grande esforço de empurrar uma cadeira até a janela, escalando então o peitoril e, apoiado na cadeira, encostava-se na vidraça, certamente recordando a sensação de liberdade que experimentava antes. Dia após dia, de fato, enxergava com menos nitidez até mesmo as coisas relativamente pouco afastadas; não enxergava o hospital defronte, que antigamente detestava por sempre ter de mirá-lo, e se ele não soubesse que morava na calma, mas totalmente urbana Charlottenstrasse, poderia acreditar que sua janela dava para um lugar deserto, no qual o céu cinzento e a terra fundiam-se indistintamente. A atenta irmã precisou ver a cadeira perto da janela apenas duas vezes; a partir de então, cada vez que limpava o quarto, tornava a empurrá-la para o mesmo lugar, e daí por diante deixava também a folha interna da janela aberta.

Se Gregor ao menos pudesse falar com a irmã e agradecer-lhe por tudo o que fazia por ele, seria mais fácil suportar seus cuidados; nessas condições, porém, ele sofria. É certo que a irmã tentava superar o constrangimento da situação, e quanto mais o tempo passava, melhor se saía, naturalmente, mas também Gregor, aos poucos, ia se apercebendo melhor da situação. Bastava a maneira de ela chegar para angustiá-lo. Mal entrava no quarto, corria até a janela, fechando a porta, sem perder tempo apesar do cuidado que costumava ter em ocultar aos outros a visão do quarto de Gregor, e a abria sofregamente com as mãos ansiosas, quase como se estivesse sufocada, e lá permanecia um pouquinho, por mais frio que estivesse, inspirando fundo. Essa sua correria e barulho assustavam-no duas vezes por dia; Gregor ficava o tempo todo tremendo debaixo do sofá e sabia que ela o teria poupado disso se conseguisse ficar num mesmo quarto com ele com as janelas fechadas.

Certa vez, coisa de um mês depois da metamorfose de Gregor, quando já não deveria mais haver motivo para a irmã sobressaltar-se com seu aspecto, ela chegou um pouco mais cedo que de costume e encontrou-o imóvel e numa posição assustadora, olhando pela janela. Gregor não se surpreenderia se ela não tivesse entrado, já que sua posição a impedia de abrir a janela, mas a irmã não somente não entrou, como se virou de costas e fechou a porta; um estranho poderia pensar que ele estava de tocaia para mordê-la. É claro que Gregor se escondeu imediatamente debaixo do sofá, mas precisou esperar até o almoço para a irmã retornar, e ela parecia mais perturbada que o habitual. Foi assim que percebeu que seu aspecto ainda lhe era insuportável e provavelmente continuaria a ser insuportável, e que ela devia fazer um grande esforço para não começar a correr ao avistar até mesmo uma pequena parte de seu corpo que aparecia sob o sofá. E para poupá-la também dessa visão, e à custa de quatro horas de trabalho, pôs o lençol sobre suas costas e arrastou-o até o sofá, arrumando-o para ficar totalmente coberto, de modo que a irmã, mesmo agachada, não conseguisse vê-lo. Se ela achasse o lençol desnecessário, poderia retirá-lo, pois era evidente que Gregor não achava graça em se confinar assim totalmente, isso estava suficientemente claro; mas ela manteve o lençol e ele acreditou ter surpreendido um olhar de gratidão ao levantar cuidadosamente um pouco o lençol com a cabeça para ver qual a reação da irmã àquela nova disposição.

Nos primeiros catorze dias, os pais não conseguiram reunir a coragem necessária para entrar no quarto, e ele escutava com frequência como reconheciam o trabalho da irmã, que antes costumavam repreender com frequência, pois a consideravam uma jovem um tanto inútil. Agora, porém, os dois, o pai e a mãe, muitas vezes esperavam na frente do quarto de Gregor enquanto a irmã fazia a arrumação, e mal ela saía de lá tinha de contar em detalhes como estava o quarto, o que Gregor tinha comido, como tinha se comportado dessa vez, e se por acaso era possível observar alguma melhora. A mãe, aliás, quis visitá-lo relativamente cedo, mas o pai e a irmã impediram-na, com argumentos que Gregor escutou com atenção e aprovou integralmente. Mais tarde, porém, ela teve de ser impedida com violência, quando disse:

– Deixem que eu o veja, ele é meu pobre filho! Será que vocês não entendem que eu preciso ficar com ele?

E então Gregor pensou que talvez fosse realmente bom se a mãe entrasse, certamente não todos os dias, mas quem sabe uma vez por semana; afinal, ela entendia das coisas melhor do que a irmã, que, apesar de todo o esforço, não passava de uma criança e, no fim das contas, talvez tivesse assumido uma tarefa tão difícil assim por mera leviandade infantil.

Seu desejo de ver a mãe logo foi realizado. Por consideração aos pais, Gregor não queria mais ficar no peitoril da janela durante o dia, mas também não podia rastejar muito pelos poucos metros quadrados do chão, ficar deitado imóvel era difícil mesmo durante a noite, a comida logo não lhe apetecia mais; então, para se distrair, desenvolveu o hábito de rastejar em zigue-zague pelas paredes e pelo teto. Ele gostava principalmente de ficar lá em cima; era bem diferente de deitar-se no chão; a respiração ficava mais solta; uma leve vibração percorria o corpo, e na quase feliz distração que sentia lá em cima, poderia acontecer, para sua surpresa, de se soltar e se estatelar no chão. Mas agora ele dominava o corpo de uma maneira bem diferente do que antes e mesmo uma queda tão abrupta não o machucava tanto. A irmã percebeu imediatamente a nova distração que Gregor havia encontrado para si – afinal, ao arrastar-se, deixava marcas aqui e acolá de sua gosma –, e meteu na cabeça arranjar--lhe uma maior porção de espaço livre para se arrastar, decidindo empurrar para o lado os móveis que ficavam no caminho, principalmente o armário e a escrivaninha. Mas ela não tinha condições de fazer isso sozinha; não ousava pedir ajuda ao pai; a empregada certamente não lhe teria ajudado, pois essa garota de dezesseis anos resistia, corajosa, desde a demissão da antiga cozinheira, mas tinha pedido o favor de manter a cozinha permanentemente trancada e só abri-la quando fosse expressamente chamada; assim, não restava alternativa à irmã de, na ausência do pai, chamar a mãe, que veio entre exclamações de ávida satisfação, mas emudeceu junto à porta do quarto de Gregor. Primeiro, é claro, a irmã verificou se tudo estava em ordem; só depois deixou a mãe entrar. Gregor, com muita pressa, tinha puxado o lençol mais para baixo, dobrando-o ainda mais, de modo que parecia um simples lençol atirado por acaso sobre o sofá. Dessa vez também não espiou por debaixo do lençol; renunciou a ver a mãe agora, e estava feliz pelo simples fato de ela ter vindo.

– Venha, não dá para vê-lo – disse a irmã, certamente guiando-a pela mão. Gregor ouvia como as duas mulheres fracas arrastavam o velho armário pesado do lugar, e como a irmã assumia a maior parte do trabalho sem dar ouvidos às observações da mãe, receosa de que a filha estivesse se esforçando demais. Isso durou muito tempo. Depois de certamente um quarto de hora de trabalho, a mãe disse que era melhor deixar o armário lá mesmo, pois, primeiro, ele era pesado demais, elas não terminariam antes da chegada do pai, e o armário no meio do quarto dificultaria qualquer caminho de Gregor; em segundo lugar, não era certo de que fariam um favor a Gregor ao afastar os móveis. Tinha a impressão contrária; a visão da parede nua apertava-lhe o coração; e por que Gregor não sentiria o mesmo, já que ele estava, havia muito, habituado à mobília do quarto e, desse modo, iria se sentir perdido no quarto vazio?

– E não é verdade – disse a mãe bem baixinho, quase sussurrando, como se quisesse evitar que Gregor, cuja localização exata ela desconhecia, ouvisse até mesmo o tom de sua voz, pois estava convencida de que ele não entendia as palavras –, e não é verdade que afastando os móveis, estaríamos lhe mostrando que já não temos qualquer esperança em sua cura e que o abandonamos à sua própria sorte? Acho que o melhor seria manter o quarto exatamente como sempre esteve, para que Gregor, quando voltar para nós, reencontre tudo da mesma maneira, conseguindo esquecer com mais facilidade o que aconteceu nesse meio tempo.

Ao ouvir essas palavras da mãe, Gregor percebeu que a falta de um diálogo humano direto, aliado à monotonia da vida em família, devia ter perturbado seu entendimento das coisas, pois não havia outra explicação para poder ter pedido a sério que seu quarto fosse esvaziado. Será que ele realmente queria que o quarto acolhedor, tão confortavelmente equipado com móveis herdados, fosse transformado numa caverna, na qual decerto poderia rastejar livremente em todas as direções, mas também às custas do simultâneo esquecimento total de seu passado humano? Ele já se sentia próximo disso, e apenas a voz da mãe, que há muito não ouvia, o acordou. Nada deveria ser retirado; tudo deveria ficar; ele não podia prescindir das boas influências dos móveis sobre seu estado de espírito; e se os móveis o impedissem de ficar rastejando ao léu, isso não era um prejuízo, mas uma grande vantagem.

A irmã, infelizmente, era de outra opinião; tinha se habituado, e não sem motivo, a fazer o papel de especialista nas conversas com os pais sobre assuntos relacionados a Gregor, e assim o conselho da mãe já era suficiente para afastar não só o armário e a escrivaninha, como havia pensado primeiro, mas todos os móveis, exceto o indispensável sofá. Essa decisão certamente não era consequência da simples teimosia infantil e da autoconfiança adquirida tão inesperadamente e com tanta dificuldade nos últimos tempos; até o ponto que lhe era possível observar, ela tinha percebido que Gregor precisava de muito espaço para rastejar e não precisava dos móveis para nada. Talvez estivesse influenciada também pelo temperamento entusiasmado das garotas, que procuram sua satisfação em todas as ocasiões, e que levava Grete agora a querer tornar a situação do irmão ainda mais assustadora, a fim de auxiliá-lo ainda mais. Pois num quarto onde Gregor reinasse sozinho entre as paredes vazias, provavelmente ninguém, além dela ousaria entrar.

E, desse modo, não se deixou dissuadir pela mãe, que também parecia insegura naquele quarto cheio de agitação, e que logo emudeceu e ajudou a filha, à medida de suas forças, a tirar o armário do quarto. Ora, se fosse preciso, Gregor podia passar sem o armário, mas a escrivaninha tinha de ficar. E mal as mulheres tinham saído do quarto com o armário, gemendo ao empurrá-lo, Gregor pôs a cabeça para fora, debaixo do sofá, para ver como poderia intervir, usando de cuidado e da maneira mais respeitosa. Mas infelizmente foi a mãe quem voltou primeiro, enquanto Grete permanecia no quarto ao lado abraçada ao armário, balançando-o sozinha para cá e para lá, evidentemente sem tirá-lo do lugar. A mãe, porém, não estava acostumada à visão de Gregor, ele poderia tê-la feito ficar doente, e por isso Gregor, assustado, andou apressado de costas até a outra extremidade do sofá, mas não pôde mais evitar que o lençol se mexesse um pouco na frente. Isso foi o suficiente para alertar a mãe. Ela parou, ficou imóvel por um instante e depois voltou para Grete.

Embora Gregor falasse constantemente para si mesmo que não estava acontecendo nada de extraordinário – apenas alguns móveis estavam sendo mudados de lugar –, logo teve de reconhecer que esse vaivém de mulheres, seus gritinhos, os móveis arranhando o chão, produziam nele o efeito de um imenso tumulto que se aproximava de todos os lados, e, puxando a cabeça e as pernas firmemente contra o corpo, soube que não aguentaria isso tudo por muito tempo.

Elas estavam esvaziando o seu quarto; estava sendo privado de tudo de que gostava; seu armário, onde guardava a serra tico-tico e outras ferramentas, já tinha sido levado para fora; tentavam remover agora a escrivaninha, quase enraizada no chão, na qual tinha feito todos os trabalhos como estudante da escola de comércio, do liceu, sim, até do primário – e aí realmente não tinha mais tempo para testar as boas intenções das duas mulheres, cuja existência, aliás, ele quase tinha esquecido, pois trabalhavam em silêncio por causa da exaustão e só se escutavam seus passos pesados.

Então, ele saiu de onde estava – as mulheres, nesse momento, apoiavam-se na escrivaninha no quarto ao lado, a fim de descansar um pouco –, trocou quatro vezes de direção, pois realmente não sabia o que queria salvar primeiro, quando viu, chamativamente na parede já nua, o quadro da mulher vestida de peles; subiu rastejando às pressas e colou-se ao vidro onde se apoiava e que fazia bem à sua barriga quente. Pelo menos esse quadro, que Gregor ocultava totalmente, agora com certeza ninguém iria retirar. Ele virou a cabeça na direção da porta da sala, a fim de observá-las voltando. Elas não se permitiram muito descanso e já retornavam; Grete tinha posto o braço ao redor da mãe e quase a carregava.

– Bem, o que vamos tirar agora? – disse Grete, olhando em volta. Nessa hora, seu olhar cruzou com o de Gregor na parede. Manteve a compostura provavelmente apenas pela presença da mãe, inclinou seu rosto na direção dela, a fim de impedir que levantasse os olhos, e perguntou com a voz trêmula e de supetão:

– Venha, não é melhor voltarmos por um instante para a sala?

A intenção de Grete era clara para Gregor: ela queria pôr a mãe em segurança e, depois, enxotá-lo da parede. Bem, que tentasse! Ele estava agarrado ao quadro e não o soltaria. Preferiria pular no rosto de Grete.

Mas as palavras da irmã acabaram por deixar a mãe nervosa de vez. Esta deu um passo para o lado, encarou a gigantesca mancha marrom no papel de parede florido, e, antes de ficar completamente consciente de que se tratava de Gregor, gritou com a voz estridente e rouca:
– Oh, Deus, oh, Deus! – E deixou-se cair de braços abertos sobre o sofá, como se estivesse desistindo de tudo, e ficou imóvel.
– Ei, Gregor! – disse a irmã, com o punho cerrado erguido e olhar penetrante. Eram as primeiras palavras que ela lhe dirigia diretamente desde a metamorfose. Ela correu até o quarto ao lado a fim de buscar alguns sais para reanimar a mãe; Gregor também queria ajudar – ainda havia tempo para salvar o quadro –, mas ele estava firmemente colado no vidro e precisou se soltar com força; então também correu ao quarto lateral, como se pudesse dar algum conselho à irmã, como antes; mas precisou ficar parado atrás dela; enquanto remexia entre diversos frascos, ela se assustou ao se virar; um frasco caiu no chão e quebrou; um caco machucou o rosto de Gregor, algum remédio corrosivo escorreu sobre ele; então, sem perder tempo, Grete agarrou todos os frascos que conseguiu e correu com eles até a mãe; fechou a porta com o pé. Gregor via-se assim separado da mãe, que talvez estivesse à beira da morte por sua culpa; ele não podia abrir a porta, pois não queria assustar Grete, que tinha de ficar junto à mãe; então, não lhe restava outra coisa senão esperar; assolado por remorso e preocupação, começou a rastejar, passando por tudo, paredes, móveis e teto, e acossado pelo desespero, quando o quarto inteiro parecia rodar, caiu no meio da grande mesa.

Passou algum tempo, Gregor estava deitado lá, combalido, cercado pelo silêncio, talvez isso fosse um bom sinal. Então a campainha soou. A empregada estava evidentemente trancada em sua cozinha e, assim, Grete teve de abrir a porta. O pai tinha chegado.

– O que aconteceu? – Foram suas primeiras palavras; a aparência de Grete devia ter revelado tudo. Ela respondeu com a voz abafada, aparentemente tinha colocado o rosto no peito do pai:

– Mamãe desmaiou, mas já está melhor. Gregor escapou.

– Eu já estava prevendo – disse o pai –, eu sempre lhes avisei, mas vocês mulheres não querem escutar.

Era evidente para Gregor que o pai tinha interpretado mal a explicação demasiado curta de Grete e imaginava que ele fosse culpado de algum tipo de ação violenta. Assim Gregor tinha agora que tentar acalmar o pai, pois não havia nem tempo nem possibilidade de explicar-lhe as coisas. Correu então para a porta do seu quarto e pressionou-se contra ela, para que o pai visse, logo ao entrar na antessala, que Gregor estava com a melhor das intenções de voltar imediatamente ao seu quarto, e que não era necessário enxotá-lo para lá, apenas abrir a porta que ele desaparecesse num instante. Mas o pai não estava num estado de espírito que lhe permitisse distinguir tais sutilezas.

– Ah! – gritou logo ao entrar, num tom furioso e exultante ao mesmo tempo. Gregor afastou a cabeça da porta e a ergueu em direção ao pai. Para dizer a verdade, não era assim que tinha imaginado o pai; nos últimos tempos, porém, por causa da novidade do rastejamento, tinha deixado de se ocupar como antes dos acontecimentos do resto da casa, embora tivesse de estar preparado para encontrar certas alterações. Apesar disso, seria aquele o mesmo pai? O homem que, no passado, ficava enterrado na cama quando Gregor saía para uma viagem; que o recepcionava de pijama nas noites de seu regresso, na cadeira de braços; que não estava em condições de se levantar, que apenas erguia a mão como sinal de sua alegria, e que nos raros passeios conjuntos em alguns domingos do ano e nos feriados mais sagrados, caminhava entre Gregor e a mãe – que por si só já andavam devagar –, ainda mais devagar, enrolado em seu velho sobretudo, movendo-se com a bengala sempre apoiada com cuidado e, quando queria dizer alguma coisa, quase sempre ficava imóvel, quieto, e reunia seus acompanhantes em volta de si? Agora, porém, sua postura estava bastante boa; vestido num alinhado uniforme azul com botões dourados, como os funcionários dos bancos o fazem; sobre o colarinho alto e rígido do casaco aparecia um vigoroso queixo duplo; sob as sobrancelhas espessas brilhavam os olhos pretos, vívidos e penetrantes; o cabelo grisalho, antes desgrenhado, tinha dado lugar a um penteado brilhante de risca meticulosamente exata. Ele jogou seu quepe, bordado com um monograma, provavelmente o do banco, que fez uma curva por todo o quarto e caiu sobre o sofá, e foi em direção a Gregor, com as abas do casaco viradas para fora, as mãos nos bolsos da calça e o semblante fechado. É provável que ele próprio não soubesse o que tinha em mente; mesmo assim, ergueu os pés numa altura pouco natural, e Gregor espantou-se com o tamanho descomunal das solas de suas botas. Mas sabia que não pararia por aí; afinal, desde o primeiro dia de sua nova vida, percebera que o pai acreditava que só se podia lidar com ele com a máxima severidade. E assim fugiu do pai, parando quando ele ficava parado e correndo novamente frente ao menor de seus movimentos. Foi assim que deram várias voltas pelo quarto, sem que nada decisivo acontecesse; aliás, por causa da lenta velocidade, tudo aquilo nem parecia uma perseguição. Por isso Gregor permaneceu temporariamente no chão, visto que o pai poderia interpretar uma fuga às paredes ou ao teto como uma especial perversidade. Gregor tinha de reconhecer, porém, que não aguentaria essas andanças por muito tempo, pois enquanto o pai dava um passo, ele precisava dar curso a inúmeros movimentos. Uma falta de ar começava a ficar perceptível, uma vez que, mesmo em seus tempos passados, seu pulmão nunca fora confiável. Enquanto cambaleava a fim de reunir todas as forças para a fuga, mal conseguia manter os olhos abertos; em seu embotamento, não pensava em outra salvação que não a corrida; e quase esquecera que tinha as paredes à disposição, mas elas estavam apinhadas de móveis cuidadosamente entalhados, com saliências e reentrâncias – de repente, alguma coisa bateu bem perto dele, atirada de leve, e rolou à sua frente. Era uma maçã; logo se seguiu outra; o susto paralisou Gregor; era inútil continuar correndo, pois o pai tinha decidido bombardeá-lo. Tinha enchido os bolsos com as maçãs da fruteira do aparador e as atirava uma a uma, sem muita pontaria. Essas pequenas maçãs vermelhas rolavam como magnetizadas pelo chão e batiam umas nas outras. Uma maçã atirada sem força pegou as costas de Gregor de raspão, sem machucá-lo. Mas, uma atirada imediatamente depois literalmente abaulou-lhe as costas; Gregor queria continuar se arrastando, como se a súbita dor inacreditável pudesse sumir ao mudar de lugar; contudo, sentia-se pregado ao chão e, completamente atordoado, estirou-se todo. Num último olhar, ainda viu a porta de seu quarto ser aberta de supetão, e, forçando passagem à frente da filha que gritava, estava a mãe, em trajes menores, pois a irmã a tinha despido para facilitar-lhe a respiração; viu ainda a mãe correr em direção ao pai, com suas saias caindo no chão uma depois da outra, e como ela caiu nos braços do pai ao tropeçar nelas, abraçando-o, em completa união – mas nesse instante a visão de Gregor começou a falhar –, e, colocando as mãos na sua nuca, pedir-lhe que a vida do filho fosse poupada.

Parte 3

O grave ferimento de Gregor, que o atormentou por um mês – a maçã ficou, já que ninguém ousava retirá-la, como recordação visível cravada na carne –, parecia lembrar até ao pai que Gregor, apesar de sua atual aparência triste e nojenta, era um membro da família, e não podia ser tratado como um inimigo; o mandamento do dever familiar impunha ao pai que superasse a aversão e suportasse, simplesmente suportasse.

E mesmo se Gregor tivesse perdido sua capacidade de se movimentar, talvez para sempre, e agora precisasse de longos, longos minutos para atravessar seu quarto, como um velho inválido – rastejar no alto estava fora de questão –, em sua opinião esse agravamento da situação era suficientemente compensado pelo fato de a porta da sala se abrir ao anoitecer, a qual começava a fitar com intensidade já uma ou duas horas antes, de maneira que, deitado no escuro de seu quarto, invisível a partir da sala, pudesse ouvir toda a família na mesa iluminada e escutar suas conversas, em certo sentido com a aprovação geral, ou seja, totalmente diferente de como era antes.

Certamente não eram mais as conversas animadas de outrora, das quais Gregor sempre se recordava com certa saudade nos acanhados quartos de hotel, quando tinha de cair, cansado, nas úmidas roupas de cama. Atualmente, o silêncio predominava. O pai adormecia logo depois do jantar em sua cadeira; a mãe e a irmã exigiam silêncio uma da outra; a mãe costurava, bastante curvada sob a luz, peças íntimas para uma loja de roupas; a irmã, que tinha assumido um emprego de vendedora, aprendia estenografia e francês à noite, para talvez no futuro conseguir um trabalho melhor. Às vezes o pai acordava, e como se não tivesse se dado conta que tinha dormido, dizia à mãe:

– Hoje você está costurando muito, outra vez! – E adormecia novamente em seguida, enquanto a mãe e a irmã trocavam um sorriso cansado.

Por um tipo de teimosia, o pai se recusava a tirar o uniforme mesmo em casa; e enquanto o pijama ficava pendurado inútil no armário, ele cochilava totalmente vestido no seu lugar, como se estivesse sempre a postos e também aqui esperasse pelo chamado de seu superior. Em consequência, o uniforme, que desde o começo não era novo, perdeu em limpeza, apesar de todo o cuidado da mãe e da irmã, e muitas vezes Gregor ficava noites inteiras fitando a vestimenta muito manchada, com seus botões dourados sempre polidos e brilhantes, dentro da qual o velho dormia muito desconfortável, mas, mesmo assim, tranquilo.

No momento em que o relógio batia dez horas, a mãe procurava acordar o pai, tentando convencê-lo aos sussurros a ir para a cama, pois ali não era possível ter um sono decente, e do qual o pai, que pegava o serviço às seis, tinha extrema necessidade. Mas com a teimosia que não o largava desde que entrara no serviço, ele insistia sempre em ficar à mesa por mais tempo, apesar de cair no sono regularmente e, além disso, era preciso muito esforço para fazer com que trocasse a cadeira pela cama. Por mais que a irmã e a mãe tentassem pressioná-lo com brandura, ele ficava balançando a cabeça devagar durante uns quinze minutos, mantinha os olhos fechados e não se levantava. A mãe puxava-lhe a manga, dizia palavras tenras ao seu ouvido, a irmã abandonava sua tarefa a fim de ajudá-la, mas o pai não se abalava. Apenas quando as mulheres o pegavam por debaixo dos braços ele abria os olhos, olhava alternadamente para a mãe e a irmã e dizia:

– Que vida. É este o descanso de minha velhice.

E apoiado nas duas mulheres, erguia-se, com dificuldade, como se ele próprio fosse sua maior carga, deixava-se conduzir por elas até a porta, despedia-se ali e prosseguia sozinho, enquanto a mãe jogava para o lado as coisas de costura, a irmã a pena, para correr atrás dele e continuar a ampará-lo.

Nessa família assoberbada de trabalho e exausta, quem haveria de ter tempo para se ocupar mais de Gregor do que o estritamente necessário? O orçamento da casa ficava cada vez menor; a empregada tinha sido demitida; uma faxineira imensa e ossuda, de cabelos brancos, vinha de manhã e de noite para os serviços mais pesados; todo o resto ficava a cargo da mãe, além de seus muitos trabalhos de costura. Aconteceu até de diversas joias de família, usadas no passado pela mãe e pela filha em festas e cerimônias, transbordando de alegria, serem vendidas, conforme Gregor descobriu certa noite durante a conversa sobre os preços alcançados. A maior queixa era sempre a de que não podiam deixar a casa, grande demais para as necessidades atuais, pois não tinham ideia de como transportar Gregor. Mas Gregor percebia que o principal obstáculo à mudança não era a consideração a ele, pois poderia ser levado numa caixa apropriada com alguns buracos para ventilação; o que realmente impedia a família de trocar de casa era muito mais a total falta de esperança e a convicção de que foram vítimas de uma desgraça como nunca havia sucedido a ninguém de seu círculo de parentes ou conhecidos. Passavam pelas piores provações que o mundo impõe aos pobres: o pai buscava o café da manhã para os funcionários menos graduados do banco, a mãe se sacrificava pelas roupas íntimas de pessoas estranhas, a irmã corria de um lado para o outro atrás de um balcão, segundo as ordens dos clientes, mas as forças da família paravam por aí. O machucado nas costas de Gregor parecia reabrir quando a mãe e a irmã, depois de terem levado o pai para cama, enfim voltavam, deixavam o trabalho de lado, sentavam-se próximas, um rosto colado no outro, e a mãe, apontando para o quarto de Gregor, dizia: "Feche a porta, Grete", e Gregor voltava a ficar no escuro, enquanto, ao lado, as mulheres vertiam lágrimas ou, quem sabe, miravam a mesa com os olhos secos.

Gregor passava os dias e as noites quase sem dormir. Às vezes pensava que, no próximo momento em que a porta se abrisse, ele retomaria os assuntos da família, como antes; depois de longo tempo vinham-lhe à mente de novo o chefe e o gerente, os caixeiros e os aprendizes, o porteiro tão estúpido, dois ou três amigos de outras firmas, uma camareira de um hotel no interior, uma lembrança doce e fugaz de uma caixa de uma loja de chapéus, que cortejara seriamente, mas tímido demais – todas essas pessoas apareciam misturadas a outras estranhas ou já esquecidas, mas em vez de ajudá-lo e à sua família, eram inacessíveis, e ele ficava aliviado ao sumirem novamente. Outras vezes não estava com disposição para se preocupar com a família, apenas sentia raiva pelos maus-tratos a que era submetido, e apesar de não ter ideia do que lhe apetecia comer, fazia planos de como chegar à despensa, para se apoderar do que lhe cabia, mesmo que não tivesse fome. Sem se preocupar mais com o que Gregor pudesse gostar, a irmã empurrava rapidamente com o pé um prato qualquer para dentro do quarto, antes de ir à loja, de manhã, e na hora do almoço, para recolhê-los à noite, puxando-os com a vassoura, sem se preocupar se a comida tinha sido experimentada ou se – mais frequentemente – nem fora tocada. A arrumação do quarto, que acontecia agora sempre à noite, não podia ser feita mais apressadamente. Marcas de sujeira eram visíveis ao longo das paredes, aqui e ali havia bolotas de pó e lixo. Nos primeiros tempos, Gregor se colocava num canto particularmente sujo, a fim de repreendê-la por meio de sua posição. Mas ele poderia ter ficado semanas ali sem que a irmã mudasse; ela via a sujeira da mesma maneira que ele, mas tinha, simplesmente, se decidido a deixá-la assim. E, contudo, surgiu nela uma suscetibilidade inédita, que tinha contagiado toda a família, reservando para si a exclusividade na arrumação do quarto de Gregor. Certa vez a mãe fez uma limpeza total no seu quarto, que só foi possível com o uso de alguns baldes d'água – entretanto, o excesso de umidade afetou Gregor também, e ele ficou estirado, amargo e imóvel, sobre o sofá –, e a mãe não escapou do castigo. À noite, mal a irmã tinha percebido as mudanças no quarto de Gregor, foi até a sala, muito magoada e, apesar das mãos implorativas da mãe, teve uma crise de choro. Primeiro os pais assistiram à cena, surpresos e impotentes – o pai, evidentemente, saltara da cadeira –, até que eles próprios também começaram a reagir; pela direita, o pai repreendia a mãe por ela não deixar a limpeza do quarto de Gregor à irmã; pela esquerda, gritou com a filha dizendo que ela nunca mais poderia arrumar o quarto de Gregor; enquanto a mãe, transtornada por tanta agitação, tentava carregar o pai para o quarto; a irmã, sem parar de soluçar, batia na mesa com seus pequenos punhos; e Gregor chiava alto furiosamente, pois ninguém tinha tido a ideia de fechar a porta e poupá-lo dessa visão e desse barulho.

    Mesmo que a irmã, porém, exausta pelo trabalho, tivesse se cansado de tratar de Gregor como antes, isso não era motivo para a mãe intervir, e os cuidados com Gregor não precisariam ter sido prejudicados. Pois agora havia uma faxineira. Essa velha viúva, que tinha conseguido superar as agruras de sua longa vida com a ajuda de sua ossatura robusta, não sentia qualquer nojo por Gregor. Sem estar nem um pouco curiosa, certa vez abriu sem querer a porta do quarto de Gregor, que, tomado de surpresa, começou a correr para cá e para lá, mesmo que ninguém o perseguisse, e, ao vê-lo, ela ficou imóvel, abismada, de braços cruzados. Desde então não deixava de sempre abrir uma fresta da porta, de manhã e à noite, e dar uma olhada em Gregor. No começo ela ainda o chamava, empregando palavras que certamente considerava amistosas, tais como: "Venha cá, seu inseto!" ou "Vejam só esse inseto!". Gregor não respondia aos chamamentos, e ficava imóvel, como se a porta nem tivesse sido aberta. Em vez de permitirem que ela o perturbasse inutilmente de acordo com o próprio humor, bem que podiam ter ordenado a essa faxineira que limpasse seu quarto todos os dias! Certa vez, de manhã bem cedo – uma chuva forte, talvez já um sinal da primavera que se aproximava, batia nos vidros –, quando a faxineira recomeçou com seu falatório, Gregor estava tão aborrecido que foi em sua direção como se disposto a atacá-la, embora lenta e desajeitadamente. A faxineira, porém, em vez de ficar com medo, apenas levantou uma das cadeiras perto da porta e, como estava de boca aberta, sua intenção era clara: fechá-la apenas quando a cadeira em sua mão fosse largada sobre as costas de Gregor.

– Não vai se atrever, então? – perguntou quando Gregor deu meia-volta, recolocando tranquilamente a cadeira no canto.

Já que os inquilinos às vezes também jantavam em casa, na sala comum, a porta da sala permanecia fechada em algumas noites; Gregor, porém, aceitara facilmente esse isolamento, pois nas noites em que a deixavam aberta, tinha ficado alheio ao fato, enfiando-se, sem a família perceber, no canto mais escuro do quarto. Certa vez, a faxineira tinha deixado a porta para a sala ligeiramente aberta, que ficou assim quando os inquilinos entraram à noite e a luz foi acesa. Eles sentaram-se à cabeceira da mesa, onde no passado o pai, a mãe e Gregor tinham se sentado, desdobraram os guardanapos e pegaram garfo e faca nas mãos. A mãe apareceu imediatamente junto à porta com uma travessa de carne, sendo logo seguida pela irmã com uma travessa repleta de batatas. A comida fumegava. Os inquilinos debruçaram-se sobre as tigelas colocadas à frente, como se quisessem provar da comida, e aquele que estava no meio e que de fato parecia dispor de autoridade sobre os outros cortou um pedaço de carne ainda na travessa, certamente para se certificar se estava tenra o suficiente ou se talvez deveria ser levada de volta à cozinha. Ele estava satisfeito, e a mãe e a filha, que assistiam, ansiosas, começaram a sorrir aliviadas. A família em si comia na cozinha. Apesar disso, o pai, antes de dirigir-se para lá, vinha até a sala e, com uma única mesura, o quepe na mão, cumprimentava todos à mesa. Todos os inquilinos se levantavam e murmuravam algo por entre suas barbas. Quando ficavam a sós, comiam quase em completo silêncio. Gregor achava estranho ouvir, dentre todos os ruídos próprios de comer, o barulho dos dentes mastigando, como se alguém pretendesse mostrar-lhe que era preciso ter dentes para comer, coisa que não era possível nem mesmo com as mais belas mandíbulas desdentadas.

"Eu tenho vontade de comer", disse Gregor a si mesmo, preocupado, "mas não essas coisas. Como se empanturram esses inquilinos, e eu aqui morrendo de fome!"

Justamente nessa noite – Gregor não se lembrava de ter escutado violino durante todo esse tempo – ouviram-se sons da cozinha. Os inquilinos já tinham terminado a refeição, o do meio tinha pegado um jornal e distribuído uma página aos outros; reclinados para trás, liam e fumavam. Quando o violino começou a tocar, ficaram atentos, levantaram-se e foram até a porta da antessala na ponta dos pés, onde ficaram parados, colados uns nos outros. Sem dúvida devem ter sido ouvidos, pois o pai perguntou:

– Os senhores se incomodam com a música? Ela pode parar já.

– Pelo contrário – disse o senhor do meio –, será que a senhorita não gostaria de tocar aqui na sala, que é muito mais confortável e aconchegante?

– Ah, claro – disse o pai, como se ele fosse o violinista.

Os senhores voltaram à sala e esperaram. Logo apareceu o pai com a estante para a partitura, a mãe com as partituras e a irmã com o violino. A irmã ocupou-se calmamente dos preparativos para tocar; os pais, que nunca haviam alugado quartos antes e por isso exageravam na gentileza com os inquilinos, não ousaram se sentar nas próprias cadeiras; o pai apoiou-se na porta, a mão direita metida entre dois botões do uniforme; a mãe, porém, sentada num lugar oferecido por um dos inquilinos, estava num canto, pois tinha deixado a cadeira onde o inquilino a colocara por acaso.

A irmã começou a tocar; cada um de um lado, pai e mãe acompanhavam com atenção os movimentos das mãos dela. Atraído pela música, Gregor tinha se aproximado um pouco e já estava com a cabeça dentro da sala. Quase não se surpreendia com sua crescente falta de consideração pelos outros; no passado, orgulhava-se por ser discreto. Agora, porém, mais do que nunca ele teria motivos para se esconder, pois por causa do pó acumulado no quarto, que se levantava ao menor movimento, ele também estava todo empoeirado; fios, cabelos, restos de comida agarravam-se às suas costas e lados; sua indiferença diante de tudo era grande demais para, como antes, deitar-se de costas e se limpar no tapete. E, apesar de sua aparência, não teve qualquer constrangimento em avançar um pouco mais no imaculado assoalho da sala.

Entretanto, ninguém o percebeu. A família estava inteiramente absorvida pelo violino; os inquilinos, ao contrário, que inicialmente tinham ficado em pé, com as mãos nos bolsos, muito próximos da estante da partitura, de maneira a também poder seguir as notas, o que certamente perturbava a irmã, logo se afastaram para junto da janela, sussurrando com a cabeça baixa, onde também permaneceram, observados ansiosamente pelo pai. Era mais que evidente que sua expectativa em escutar uma bela ou agradável música de violino tinha sido desapontada, estavam fartos da apresentação e só permitiam que ela perturbasse seu sossego por mera cortesia. O modo como todos sopravam a fumaça de seus charutos para o alto pelo nariz e pela boca era o melhor indicador de sua grande ansiedade. Mas Grete tocava tão bem. Seu rosto estava deitado de lado e seus olhos, atentos e tristes, seguiam as pautas. Gregor avançou mais um pouco e manteve o rosto bem próximo ao chão, para tentar encontrar o olhar da irmã. Poderia ser realmente um animal tão sensível à música? Parecia que o caminho para o alimento desconhecido que tanto desejava abria-se à sua frente. Ele estava decidido a chegar até a irmã, puxar sua saia e dizer-lhe que deveria tocar o violino no quarto dele, pois ninguém ali apreciava sua música como ele o fazia. Ele não queria mais deixá-la sair dali, pelo menos não enquanto vivesse; pela primeira vez, seu aspecto repulsivo teria alguma utilidade; ele queria estar simultaneamente em todas as portas de seu quarto e rechaçar os inimigos; a irmã, porém, não deveria ficar com ele por obrigação, mas por vontade própria; ela se sentaria ao seu lado no sofá, inclinaria o ouvido para baixo em sua direção, e então ele lhe confiaria que tivera a firme disposição de enviá-la ao conservatório, e que teria dito isso a todos no Natal passado – o Natal já não tinha passado? –, sem se preocupar com quaisquer objeções, caso a infelicidade não tivesse se interposto. Depois dessa explicação, de tão comovida a irmã se desfaria em lágrimas e Gregor se ergueria até os ombros dela e beijaria seu pescoço, que, desde que estava empregada, não era mais adornado por fitas ou golas.

– Senhor Samsa! – disse o senhor do meio para o pai, sem desperdiçar mais palavras, apontando o dedo indicador para Gregor, que avançava lentamente. O violino silenciou, o inquilino do meio primeiro esboçou um sorriso para seus amigos, balançando a cabeça, e depois olhou novamente para Gregor. Antes de enxotá-lo, o pai achou melhor acalmar os inquilinos, apesar destes não estarem nem um pouco nervosos e até parecerem se divertir mais com Gregor do que com o violino. Precipitou-se até eles e, com os braços abertos, tentou convencê-los a voltar para o quarto que ocupavam, ao mesmo tempo que seu corpo impedia-os de ver Gregor. Eles ficaram um tanto bravos, mas não se sabia se era pelo comportamento do pai ou pelo fato de que agora tinham conhecimento de um vizinho de quarto como Gregor. Exigiram explicações do pai, levantaram os braços também, cofiaram inquietos suas barbas e acabaram voltando relutantemente para seus quartos. Nesse meio tempo, a irmã tinha superado o desamparo que lhe acometera depois da brusca interrupção de sua música, quando ficara um tempo segurando nas mãos inertes o violino e o arco, olhando para as notas como se ainda tocasse, e subitamente colocou o instrumento no colo da mãe, que continuava sentada na cadeira com os pulmões trabalhando a toda por causa da falta de ar, e saiu correndo para o quarto ao lado, do qual os hóspedes se aproximavam mais rapidamente, levados pelo pai. Deu para ver como suas mãos hábeis faziam as cobertas e os travesseiros das camas voarem para o alto, ajeitando-os. Ainda antes de os homens chegarem ao quarto, tinha terminado de fazer as camas e já estava de saída. O pai parecia novamente tão dominado pela sua autoconfiança que esqueceu por completo o respeito com que devia tratar os inquilinos. Ele apenas os empurrava e empurrava, até que o inquilino do meio, ao chegar à porta do quarto, bateu com força o pé no chão, fazendo o pai se deter.

– Informo-lhes – disse, levantando a mão e procurando também a mãe e a filha com o olhar – que, devido às condições repugnantes reinantes nesta casa e nesta família – e aqui cuspiu no chão, enfaticamente –, prescindo imediatamente do meu quarto. É evidente que não pagarei nem um centavo pelos dias que passei aqui; pelo contrário, vou pensar se devo entrar com alguma ação contra o senhor, baseada em argumentos muito fáceis de serem comprovados, creia-me.

Ele ficou em silêncio e olhou para a frente, como se esperasse alguma coisa. Dito e feito, seus dois amigos acrescentaram:

– Nós também abrimos mão do quarto.

Em seguida, colocou a mão na maçaneta e bateu a porta.

O pai, cambaleando, tateou o caminho e deixou-se cair em sua cadeira; parecia que estava se preparando para a soneca noturna, mas o intenso balanço de sua cabeça, que parecia solta, mostrava que ele não estava dormindo. Gregor se manteve o tempo todo quieto no lugar onde os inquilinos o tinham flagrado. A decepção pelo fracasso de seu plano, quem sabe também a fraqueza resultante de vários dias sem comer, impossibilitavam-no de se mover. Ele temia, certamente, ser atacado por todos no instante seguinte, e esperou. Não se assustou nem mesmo com o barulho dissonante do violino que caiu no chão, ao escapar dos dedos trêmulos da mãe.

– Queridos pais – disse a irmã, batendo a mão na mesa para começar –, não é possível continuar assim. Se vocês não estão percebendo isso, eu estou. Não quero falar o nome de meu irmão na frente desse monstro, e então digo apenas: precisamos nos livrar dele. Fizemos o que era humanamente possível para cuidar dele e tolerá-lo, acho que ele não tem do que reclamar de nenhum de nós.

"Ela tem toda a razão", disse o pai para si mesmo. A mãe, que ainda não tinha conseguido se restabelecer da falta de ar, começou uma tosse abafada, a mão na frente da boca, os olhos com uma expressão selvagem.

A irmã acudiu-a e amparou-lhe a testa. O pai, que parecia ter sido levado a determinados pensamentos por meio das palavras da irmã, empertigou-se, passou a brincar com o quepe entre os pratos do jantar dos inquilinos que ainda estavam sobre a mesa, olhando, de vez em quando, para a figura imóvel de Gregor.

– Precisamos tentar nos livrar dessa coisa – disse a irmã diretamente ao pai, pois a mãe, tossindo, não escutava nada –, ele ainda vai matá-los, estou pressentindo. Se todos temos de trabalhar tão arduamente, não podemos suportar esse eterno tormento também em casa. – E ela caiu num choro tão compulsivo que suas lágrimas escorriam pelo rosto da mãe, que as limpava mecanicamente com as mãos.

– Filha – disse o pai, solidário e compreensivo –, mas o que podemos fazer?

A irmã apenas deu de ombros como sinal do desespero que a tinha dominado durante o choro, ao contrário da segurança de antes.

– Se ele nos compreendesse – disse o pai, quase que perguntando; a irmã, entre lágrimas, balançou vigorosamente a mão para mostrar que isso era impensável.

– Se ele nos compreendesse – repetiu o pai e, ao fechar os olhos, assumiu a convicção da filha sobre a impossibilidade disso –, então talvez fosse possível chegarmos a um acordo. Mas assim...

– Ele tem de ir embora – disse a irmã –, esse é o único meio, pai. Você precisa apenas tentar não pensar que essa coisa é Gregor. Nossa infelicidade foi ter acreditado nisso durante tanto tempo. Mas como é que essa coisa pode ser Gregor? Se fosse Gregor, teria percebido há tempos que uma convivência de seres humanos com animais desse tipo é impossível, e teria partido voluntariamente. Não teríamos mais o irmão, mas poderíamos continuar vivendo e honrando sua memória. Mas agora esse animal nos persegue, espanta nossos inquilinos, parece que quer tomar conta da casa toda e nos colocar no olho da rua. Veja, pai – gritou de repente –, ele já está começando outra vez!

E assustando-se de uma maneira totalmente incompreensível para Gregor, a irmã largou a mãe, literalmente pulando da cadeira, como se preferisse sacrificar a mãe a ficar perto de Gregor, e foi correndo atrás do pai, que, assustado com o seu comportamento, também se levantou e ergueu um pouco os braços, como se quisesse protegê-la.

Mas Gregor não havia tido a menor das intenções de amedrontar ninguém, muito menos sua irmã. Tinha apenas começado a se virar para voltar rastejando para o quarto, e a operação chamou muita atenção, pois por causa de seu estado lamentável tinha de usar a cabeça para ajudar na hora dos movimentos difíceis, erguendo-a e apoiando-a contra o chão diversas vezes. Parou e olhou em volta. Sua boa intenção parecia ter sido compreendida; fora apenas um momento de susto. Agora todos o olhavam em silêncio e tristes. A mãe, com as pernas esticadas e coladas uma na outra, estava sentada em sua cadeira, os olhos quase se fechavam de tanta exaustão; o pai e a irmã estavam sentados lado a lado, a irmã tinha colocado uma mão em torno do pescoço do pai.

"Agora talvez eu possa me virar", pensou Gregor, recomeçando seu trabalho. Ele não conseguia evitar os guinchos do esforço, e também tinha de descansar de tempos em tempos. No entanto, ninguém o estava pressionando, ele estava entregue a si mesmo. Completada a volta, começou imediatamente o retorno. Ele ficou surpreso com a grande distância que o separava de seu quarto, e não entendia como, enfraquecido, tinha percorrido esse caminho havia pouco tempo, sem perceber. Concentrado em rastejar rapidamente, ele mal reparou que nenhuma palavra, nenhuma exclamação da família o atrapalhava. Virou a cabeça apenas quando já estava junto à porta, mas não totalmente, pois sentiu o pescoço enrijecer, mas ainda viu que nada mudara às suas costas, apenas a irmã tinha se levantado. Seu último olhar foi para a mãe, que estava agora totalmente adormecida.

Mal tinha entrado no quarto, a porta foi rapidamente fechada, travada e trancada. Gregor se assustou de tal maneira com o súbito barulho que suas perninhas fraquejaram. Era a irmã que estava com tal pressa. Tinha se mantido de pé, esperando, e dera um salto para a frente para fechar a porta, Gregor não a ouviu se aproximar, e escutou-a dizer aos pais um "Finalmente!", enquanto girava a chave na fechadura.

"E agora?", Gregor perguntou a si mesmo e olhou em volta, na escuridão. Logo descobriu que não podia mais se mover. Ele não ficou espantado com o fato, pois, na verdade, o que achava pouco natural era ter conseguido se movimentar até agora com essas perninhas finas. Tirando isso, sentia-se razoavelmente bem. Embora todo o corpo doesse, parecia que as dores ficavam cada vez mais fracas. A maçã podre em suas costas e a região inflamada, totalmente coberta pela fina poeira, já quase não o incomodavam. Lembrou-se da família com ternura e amor. Sua decisão de que tinha de partir era provavelmente mais firme do que a da irmã. Ele ficou nesse estado de vaga e calma meditação até que o relógio da torre bateu três da manhã. Ainda vivenciou o começo do alvorecer lá fora, à frente da janela. Mas então sua cabeça pendeu bem para baixo involuntariamente, e um último suspiro fraco soltou-se de suas narinas.

Quando a faxineira apareceu logo cedo pela manhã – ela batia todas as portas com tanta força e pressa, por mais que lhe fosse pedido para não fazê-lo, que a casa toda não conseguia mais dormir depois de sua chegada –, não encontrou a princípio nada de especial na costumeira olhada em Gregor. Pensou que ele estivesse deitado tão imóvel de propósito, bancando o ofendido; julgava-o capaz de todo o entendimento possível. Como calhava de ela estar com a vassoura longa na mão, tentou usá-la para fazer cócegas em Gregor. Quando nem isso deu resultado, ficou brava e espetou-o um pouco, mas apenas quando o empurrou do lugar sem qualquer resistência é que ela ficou alerta. Ao tomar ciência da situação, arregalou os olhos, deu um assobio, mas não muito longo, abriu a porta do quarto e gritou para a escuridão:

– Vejam, ele morreu; ele está deitado lá, totalmente morto!

O casal Samsa estava sentado na cama, ocupado em recompor-se do susto causado pela faxineira antes de entender o significado da exclamação. Mas então o senhor e a senhora Samsa saíram rapidamente da cama, cada um do seu lado, o senhor Samsa jogou a coberta sobre os ombros, a senhora Samsa apareceu apenas de camisola; assim entraram no quarto de Gregor. Nesse meio tempo, a porta da sala, onde Grete estava dormindo desde a chegada dos inquilinos, também foi aberta; ela estava completamente vestida, como se não tivesse dormido, seu rosto pálido parecia confirmar isso.

– Morreu? – perguntou a senhora Samsa, olhando interrogativamente para a faxineira, apesar de ela própria ser capaz de verificar e de reconhecer tudo, mesmo sem qualquer exame.

– É isso o que quero dizer – disse a faxineira e, para comprovar, empurrou o cadáver de Gregor um tanto para o lado com a vassoura.

A senhora Samsa fez um movimento como se quisesse impedir a vassoura, mas se deteve.

– Bem – disse o senhor Samsa –, agora podemos agradecer a Deus.

Ele fez o sinal da cruz e as três mulheres seguiram seu exemplo. Grete, que não tirava os olhos do cadáver, comentou:

– Vejam como ele estava magro. Há quanto tempo não comia. As comidas saíam do jeito que tinham entrado.

O corpo de Gregor estava totalmente fino e seco; só agora era possível perceber, pois não estava mais suspenso pelas perninhas e nada mais desviava o olhar.

– Vamos, Grete, entre aqui um pouco – a senhora Samsa disse com um sorriso melancólico, e Grete seguiu os pais, não sem antes se virar e olhar para o cadáver. A empregada fechou a porta e escancarou a janela. Apesar de ser ainda muito cedo, um mormaço já tinha se misturado ao ar fresco. Afinal, já era fim de março.

Os três inquilinos saíram de seus quartos e procuraram espantados pelo café da manhã; eles tinham sido esquecidos.

– Onde está o café? – perguntou, carrancudo, o homem do meio à faxineira. Essa, porém, levou o dedo aos lábios e acenou de maneira rápida e silenciosa aos inquilinos para chegarem até o quarto de Gregor. Eles realmente vieram, com as mãos nos bolsos de seus paletós um tanto surrados, e ficaram em volta do cadáver de Gregor no quarto agora totalmente iluminado.

Nessa altura, a porta do quarto se abriu e o senhor Samsa apareceu fardado, trazendo num dos braços a mulher, no outro a filha. Todos tinham um ar meio choroso; Grete não parava de apertar seu rosto contra o braço do pai.

– Saiam imediatamente da minha casa! – disse o senhor Samsa, apontando para a porta, sem largar as mulheres.

– O que o senhor quer dizer com isso? – perguntou o senhor do meio, um tanto surpreso, sorrindo docemente. Os outros dois puseram as mãos atrás das costas e começaram a esfregá-las, como se estivessem esperando ansiosamente uma grande briga, da qual haveriam de sair vencedores.

– Quero dizer exatamente isso – respondeu o senhor Samsa, avançando com suas duas acompanhantes diretamente para o inquilino. Este, primeiro ficou parado, depois olhou para o chão, como se as coisas estivessem se reordenando em sua cabeça.

– Então nós vamos embora – disse e levantou os olhos para o senhor Samsa, como se num súbito ataque de humildade ele precisasse de anuência inclusive para essa decisão. O senhor Samsa, de olhos arregalados, balançou ligeiramente a cabeça. Em seguida, o inquilino se dirigiu, de fato, com passadas largas, até a antessala; seus dois amigos, que tinham ouvido a conversa por um tempinho, agora com as mãos calmas, apressaram-se a segui-lo, como se estivessem com medo de que o senhor Samsa pudesse entrar no cômodo antes deles e interromper sua ligação com o líder. Na antessala, todos os três pegaram os chapéus do mancebo, puxaram suas bengalas do aparador, fizeram uma mesura em silêncio e deixaram o apartamento. O senhor Samsa saiu com as duas mulheres até o vestíbulo, numa desconfiança que se mostrou depois totalmente infundada; apoiado no corrimão, eles assistiram como os três inquilinos desciam as escadas lentamente, mas sem parar, em cada andar sumiam numa determinada curva da escadaria para reaparecer depois de alguns instantes; quanto mais desciam, menor ficava o interesse da família por eles, e quando um entregador de carne, com sua carga apoiada sobre a cabeça, passou por eles e subiu, brioso, o senhor Samsa e as mulheres deixaram o corrimão, e todos voltaram, como que aliviados, ao apartamento.

Decidiram usar o dia para descansar e fazer passeios; eles não apenas tinham merecido essa pausa no trabalho, mas ela lhes era mesmo indispensável. Assim, sentaram-se à mesa e redigiram três cartas com justificativas, o senhor Samsa à sua diretoria, a senhora Samsa ao seu cliente e Grete ao seu patrão. A faxineira entrou enquanto escreviam para dizer que estava indo embora, pois tinha terminado seu trabalho da manhã. A princípio, os três escreventes apenas assentiram com a cabeça, sem levantar os olhos, e apenas quando perceberam que a faxineira ainda não tinha se afastado é que olharam para cima, irritados:

– O que foi? – perguntou o senhor Samsa.

A faxineira estava junto à porta, sorridente, como se tivesse uma grande alegria para anunciar à família, mas só o faria se fosse exaustivamente interrogada. A pequena pena de avestruz enfiada em seu chapéu, quase em pé, que já irritara o senhor Samsa ao longo de todo o tempo de serviço dela, balançava suavemente em todas as direções.

– O que a senhora quer, afinal? – perguntou a senhora Samsa, por quem a faxineira mostrava mais respeito.

– Bem – respondeu a faxineira, sem conseguir continuar por causa do riso alegre –, a senhora não precisa se preocupar em como se livrar daquela coisa ali ao lado. Está tudo certo.

A senhora Samsa e Grete inclinaram-se na direção de suas cartas, como se quisessem continuar escrevendo; o senhor Samsa, que percebeu que a empregada queria começar a descrever os detalhes, impediu-a, decidido, com a mão espalmada. Como não podia falar, ela se lembrou da grande pressa que tinha e disse, um tanto magoada:

– Adeus a todos. – E girou os calcanhares, deixando o apartamento em meio a um assustador bater de portas.

– À noite vamos despedi-la – disse o senhor Samsa, que não recebeu resposta nem da mulher nem da filha, pois a faxineira parecia ter perturbado novamente a tranquilidade que mal haviam recuperado. Elas se levantaram, foram até a janela e ficaram lá, abraçadas. O senhor Samsa virou-se em sua cadeira na direção delas e observou-as em silêncio por um instante. Em seguida, falou:

– Ora, venham aqui. Esqueçam finalmente o passado. E tenham um pouco de consideração por mim.

As mulheres se dirigiram para ele, fazendo-lhe carinhos e terminando rapidamente suas cartas. Depois, saíram os três juntos de casa, o que não faziam havia meses, e tomaram o bonde até o campo, nos arredores da cidade. A paisagem, onde se encontravam a sós, estava totalmente inundada pelo sol quente. Eles conversaram, reclinados confortavelmente em seus assentos, a respeito das perspectivas para o futuro, que, pensando bem, não eram nada más, pois os três empregos que tinham e sobre os quais nunca discutiram até então eram vantajosos e pareciam promissores. A mais significativa melhoria da situação aconteceria facilmente com uma mudança de casa; eles queriam agora uma propriedade menor e mais barata, mais bem-localizada e, sobretudo, mais prática do que a atual, que ainda tinha sido escolhida por Gregor. Enquanto conversavam, o senhor e a senhora Samsa perceberam de súbito, olhando quase simultaneamente para a filha cada vez mais cheia de vida, que, apesar de todas as desgraças que tinham esmaecido seu rosto, ela se tornara uma jovem bonita e exuberante. Cada vez mais em silêncio e comunicando-se quase inconscientemente apenas pelo olhar, eles pensaram que era tempo também de procurar um marido para ela. E foi como um tipo de confirmação de seus novos sonhos e boas intenções que, ao chegarem ao seu destino, a filha se levantou em primeiro lugar e alongou seu corpo jovem.

MOMENTO HISTÓRICO

O século XX teve início em um período de efervescência cultural e de grandes avanços tecnológicos nos transportes e nas comunicações. Conhecida como *belle époque*, essa fase cosmopolita da história europeia chegou ao fim com a eclosão da Primeira Guerra Mundial, em 1914. Como decorrência das desastrosas consequências desse conflito, a Europa entrou no período entreguerras, que se estendeu de 1918 a 1939. Assolado pela Grande Depressão advinda da quebra da Bolsa de Nova York, em 1929, o entreguerras foi marcado principalmente pela forte crise econômica e pelo surgimento da ideologia fascista, na Itália, e sua vertente alemã, o nazifascismo.

A ascensão do nazismo e o desejo expansionista de Adolf Hitler (1889-1945) foram o principal ponto de partida para o início da Segunda Guerra Mundial, em 1939. De proporções catastróficas e com um saldo de dezenas de milhões de mortos, a guerra foi marcada pelos horrores do Holocausto e dos campos de concentração, nos quais os perseguidos pelo regime nazista do Terceiro Reich eram exterminados com uma eficiência brutal e implacável.

1900 — O intenso desenvolvimento tecnológico da época permite que Santos Dumont consiga decolar com o avião híbrido *14-Bis*, em Paris, em 1906.

1910 — Eclode a Primeira Guerra Mundial, conflito entre potências que, a partir de inimigos comuns, uniram-se na Tríplice Entente (Inglaterra, França e Rússia) e na Tríplice Aliança (Alemanha, Itália e Império Austro-Húngaro).

1920 — Após uma queda vertiginosa no valor das ações, o mercado financeiro americano infla com as ofertas de venda, e a Bolsa de Nova York quebra, gerando uma das mais graves crises econômicas globais.

1930 — Hitler se torna a autoridade governamental máxima na Alemanha, e a ideologia nazista passa a vigorar no período que ficou conhecido como o Terceiro Reich.

bagagem de informações

FRANZ KAFKA: VIDA E OBRA

Franz Kafka nasceu em 1883, em Praga, na época pertencente ao Império Austro-Húngaro. Filho de Hermann e Julie Kafka e proveniente de uma família judia de classe média, cresceu sob a influência das culturas alemã, tcheca e judaica. Apesar de ser fluente em tcheco, adotou o alemão como primeira língua e escreveu sua obra nesse idioma.

Formou-se em Direito em 1906, pela Universidade Alemã, em Praga, e de 1908 a 1922 trabalhou no Instituto de Seguros de Acidentes no Trabalho. Apesar da função burocrática, continuou a escrever, pois, como dizia, "tudo o que não é literatura me aborrece". Fruto desse período, *A Metamorfose* foi escrito em 1912 e publicado somente em 1915.

Apesar de ter sido noivo da mesma mulher por duas vezes e de ter tido outros relacionamentos, Kafka nunca se casou.

O escritor faleceu em 1924, no sanatório de Kierling, perto de Viena, devido a uma tuberculose que o afligia desde 1917. Ele havia incumbido o amigo Max Brod de queimar seus escritos após sua morte. Max, porém, os publicou. Dentre esses inéditos, estavam os romances *O Processo* e *O Castelo*.

Os pais de Kafka faleceram em seguida, na década de 1930, e suas três irmãs morreram em 1942, durante a Segunda Guerra Mundial, em campos de concentração.

* As obras mais conhecidas de Kafka são as novelas *A Metamorfose* (1912) e *Um Artista da Fome* (1922-1924) e os romances *O Processo* (1914) e *O Castelo* (1922).

* As temáticas de Kafka estão ligadas essencialmente à incapacidade do ser humano perante a opressão burocrática das instituições e sua fragilidade diante dos problemas cotidianos e do poder.

* Uma das características marcantes da obra kafkiana é a presença de imagens oníricas e fantásticas, próximas do absurdo. Elas são tratadas de forma tão lógica pelo autor que causam no leitor uma impressão de realidade.

* Kafka nunca teve uma boa relação com o pai e isso ficou expresso em *Carta ao Pai* (1919). Seus problemas diante da autoridade patriarcal também podem ser verificados na obra *O Veredicto* (1912).